Learn Spanish with Adventures

Spanish B1 Reader

Brian Smith

La Aventura del Templo Perdido

La partida

El aventurero español, Juan, decide ir a Perú en busca de una antigua leyenda.

—Este libro habla de un templo perdido en la selva de Perú—, dice Juan emocionado mientras lee un viejo tomo en su estudio.

Compra un mapa viejo en una tienda de antigüedades.

—Con este mapa, puedo encontrar el templo—, piensa, observando los desgastados pergaminos.

Empaca su mochila con provisiones y equipo de exploración.

—No puedo olvidar nada importante—, se dice a sí mismo mientras verifica su lista de equipo.

Despide a su familia y amigos en el aeropuerto.

—¡Buena suerte, Juan!—, le desean mientras lo abrazan.

Llega a Lima, la capital de Perú, y observa la bulliciosa ciudad.

—Este lugar es increíble—, comenta mientras se dirige al hotel.

Conoce a su guía local, Marco, en el lobby del hotel.

—Hola, Juan. Soy Marco. Juntos encontraremos ese templo—, dice Marco con una sonrisa.

Juntos, revisan el mapa y planean la ruta.

—Necesitamos un jeep para viajar por la selva—, sugiere Marco, señalando la primera parte del camino.

Alquilan un jeep y compran suministros adicionales en un mercado local.

—Estos alimentos nos durarán varios días—, dice Juan, llenando la mochila.

Juan recibe una advertencia de un anciano sobre los peligros en la selva.

—Ten cuidado, hijo. La selva es traicionera—, advierte el anciano con seriedad.

Aun así, decide seguir adelante con la expedición.

—No podemos detenernos ahora—, dice Juan con determinación.

Salen temprano por la mañana hacia la selva.

—Es mejor partir al amanecer—, sugiere Marco mientras cargan el jeep.

En el camino, encuentran un río ancho y peligroso.

—Necesitamos cruzar ese río. Vamos a construir una balsa—, dice Juan, buscando madera y lianas.

Construyen una balsa y cruzan el río con éxito, listos para enfrentar los desafíos de la selva.

—Lo logramos. Ahora, el templo no está tan lejos—, dice Marco, mirando el mapa.

- Advertencia - Warning
- Antigüedades - Antiques
- Aventurero - Adventurer
- Bulliciosa - Bustling
- Despide - Says goodbye
- Detenernos - Stop (ourselves)
- Encontrar - To find
- Exploración - Exploration
- Lianas - Vines
- Madera - Wood
- Observando - Observing
- Provisiones - Supplies
- Selva - Jungle
- Traicionera - Treacherous

La Selva Misteriosa

La selva está llena de sonidos desconocidos y misteriosos.

—¿Escuchas esos ruidos, Marco?— preguntó Juan, observando a su alrededor.

—Sí, la selva parece tener vida propia—, respondió Marco mientras avanzaban con cuidado por la densa vegetación.

Encontraron huellas de animales grandes en el suelo.

—Mira estas huellas, parecen de un jaguar—, comentó Marco, señalando el suelo.

—Debemos tener mucho cuidado—, dijo Juan, sintiendo un poco de miedo.

Se toparon con una tribu local que les ofreció hospitalidad.

—Bienvenidos, extranjeros. ¿Qué los trae por aquí?—, preguntó el jefe de la tribu con una sonrisa amable.

La tribu les habló de una leyenda sobre el templo perdido.

—Hace mucho tiempo, nuestros ancestros construyeron un gran templo—, explicó un anciano de la tribu con voz solemne.

Juan mostró el mapa a los ancianos de la tribu.

—¿Reconocen estos símbolos?—, preguntó Juan, mostrando el mapa con esperanza.

Los ancianos reconocieron algunos de los símbolos en el mapa.

—Sí, estos símbolos nos son familiares. Representan un camino sagrado—, dijo el anciano, señalando algunas marcas en el mapa.

Recibieron indicaciones sobre un camino oculto hacia el templo.

—Deben seguir este sendero secreto. Los llevará al templo, pero tengan cuidado con las trampas—, explicó el jefe.

Marco anotó las instrucciones en su cuaderno.

—No podemos olvidar nada de esto—, dijo Marco mientras escribía rápidamente.

La tribu les advirtió sobre un grupo de bandidos en la selva.

—Hay hombres peligrosos en la selva. Andan buscando tesoros. Tengan cuidado—, advirtió el jefe con seriedad.

Agradecieron a la tribu y continuaron su viaje.

—Gracias por su ayuda. No los olvidaremos—, dijo Juan, despidiéndose con una reverencia.

Juan encontró una pluma de un ave exótica y la guardó como recuerdo.

—Mira esta pluma, Marco. Es increíble. Nunca había visto algo así—, dijo Juan, guardándola en su mochila.

Descansaron en una cueva por la noche.

—Es mejor descansar aquí. Estaremos protegidos de los animales—, sugirió Marco.

Escucharon ruidos extraños fuera de la cueva y se prepararon para defenderse.

—¿Qué fue eso?—, preguntó Juan, tomando su machete con firmeza.

Resultó ser solo un mono curioso que los observaba.

—Solo es un mono. Nada de qué preocuparse—, dijo Marco, riendo aliviado.

—Por suerte, solo era eso—, dijo Juan, suspirando.

—Descansaremos bien esta noche y mañana continuaremos con más energía—, concluyó Marco, preparándose para dormir.

- Anotó - Noted
- Ancestros - Ancestors
- Bandido - Bandit
- Cuidado - Care
- Densa - Dense
- Desconocidos - Unknown
- Extraños - Strange
- Hospitalidad - Hospitality

- Indicaciones - Directions
- Leyenda - Legend
- Machete - Machete
- Pluma - Feather
- Protegidos - Protected
- Ruidos - Noises
- Tribu - Tribe

Peligros y Desafíos

Al día siguiente, la selva se vuelve más densa y difícil de atravesar.

—Esta vegetación es muy espesa—, comentó Juan, empujando las ramas a un lado.

—Sí, debemos tener cuidado—, respondió Marco, siguiendo de cerca.

De repente, Marco se resbala y se lastima el tobillo.

—¡Ay! Me he torcido el tobillo—, gritó Marco, cayendo al suelo.

Juan le hace un vendaje con lo que tiene en su mochila.

—No te preocupes, Marco. Esto te ayudará—, dijo Juan mientras aplicaba el vendaje.

Más adelante, encuentran un antiguo puente de cuerda sobre un abismo.

—Ese puente no parece muy seguro—, dijo Marco, mirando con preocupación.

—Voy a cruzar primero para asegurarme—, dijo Juan, empezando a caminar despacio.

El puente cruje y se balancea peligrosamente.

—¡Cuidado, Juan!—, gritó Marco desde el otro lado.

Ambos logran cruzar, pero el puente se derrumba detrás de ellos.

—Uf, eso fue muy cerca—, dijo Juan, respirando aliviado.

Ven figuras misteriosas que los siguen a la distancia.

—Mira, allá. Nos están siguiendo—, susurró Marco, señalando con el dedo.

Se esconden y observan a los bandidos mencionados por la tribu.

—Esos deben ser los bandidos—, dijo Juan en voz baja.

Deciden seguir un camino diferente para evitar a los bandidos.

—Vamos por aquí, rápido—, dijo Marco, tomando otra ruta.

Encuentran una cascada y se refrescan en el agua.

—Esto es justo lo que necesitábamos—, dijo Juan, lavándose la cara.

Juan encuentra una inscripción antigua en una roca cerca de la cascada.

—Mira esto, Marco. Parece importante—, dijo Juan, señalando la inscripción.

La inscripción habla de un guardián del templo.

—Dice que hay un guardián que protege el templo—, leyó Marco en voz alta.

Deciden seguir las indicaciones de la inscripción.

—Si seguimos estas instrucciones, encontraremos el templo—, dijo Juan, emocionado.

Montan campamento y descansan para la próxima jornada.

—Mañana será un día largo. Mejor descansamos bien—, sugirió Marco, acomodándose para dormir.

—Sí, mañana estaremos más cerca de nuestro objetivo—, respondió Juan, cerrando los ojos.

- Abismo - Abyss

- Acomodándose - Settling
- Aliviado - Relieved
- Bandaje - Bandage
- Cruje - Creaks
- Derrumba - Collapses
- Empujando - Pushing
- Espesa - Thick (vegetation)
- Inscripción - Inscription
- Jornada - Journey
- Misteriosas - Mysterious
- Proteger - To protect
- Resbala - Slips
- Siguiendo - Following
- Torcido - Twisted

El Descubrimiento del Templo

Juan y Marco siguen las indicaciones de la inscripción.

—Si seguimos por aquí, deberíamos encontrar algo pronto—, dijo Juan, consultando el mapa.

Llegan a una zona donde los árboles son menos densos.

—Mira, los árboles no son tan espesos aquí—, comentó Marco.

Ven la cima de una estructura cubierta de vegetación.

—¿Eso es lo que creo que es?—, preguntó Juan, señalando la estructura.

—Sí, parece la cima de un templo—, respondió Marco emocionado.

Limpian la maleza y revelan la entrada del templo.

—Ayúdame a mover estas ramas—, dijo Juan, empujando la vegetación.

La puerta está bloqueada por piedras grandes.

—Necesitamos mover estas piedras para entrar—, observó Marco.

Usan herramientas para mover las piedras y abrir la entrada.

—Con cuidado, estas piedras son muy pesadas—, advirtió Juan.

Entran al templo y encuentran un pasillo oscuro.

—Está muy oscuro aquí. No veo nada—, dijo Marco.

Juan enciende una antorcha para iluminar el camino.

—Con esta antorcha podremos ver mejor—, dijo Juan.

Ven murales antiguos en las paredes del pasillo.

—Mira estos murales. Son muy antiguos—, comentó Marco.

Los murales muestran historias de una civilización antigua.

—Parece que cuentan la historia de esta civilización—, dijo Juan, observando los dibujos.

Encuentran una sala con estatuas de dioses antiguos.

—¡Qué impresionante! Estas estatuas son enormes—, exclamó Marco.

En el centro de la sala, hay un altar con inscripciones.

—Ven, aquí hay algo escrito—, dijo Juan, acercándose al altar.

Las inscripciones hablan de un tesoro escondido en el templo.

—Dicen que hay un tesoro oculto en algún lugar del templo—, leyó Marco en voz alta.

Marco toma fotos de los murales y las inscripciones.

—Debemos documentar todo esto. Es muy importante—, dijo Marco mientras fotografiaba.

Deciden explorar más el templo para encontrar el tesoro.

—Vamos a seguir buscando. Estoy seguro de que encontraremos algo increíble—, dijo Juan, avanzando por el pasillo.

—Sí, aún hay mucho por descubrir—, añadió Marco, siguiendo a su amigo.

- Antorcha - Torch
- Civilización - Civilization
- Cubierta - Covered
- Densos - Dense
- Despejar - To clear
- Encender - To light/ignite
- Escondido - Hidden
- Estatuas - Statues
- Herramientas - Tools
- Iluminar - To illuminate
- Inscripciones - Inscriptions
- Maleza - Underbrush/weeds
- Murales - Murals
- Pesadas - Heavy
- Revelar - To reveal

Trampas y Secretos

Mientras avanzan, encuentran una serie de trampas en el templo.

—Ten cuidado, Juan. Esto parece peligroso—, dijo Marco, observando el suelo.

Juan desactiva una trampa de flechas con su cuchillo.

—Mira, aquí hay un mecanismo. Si lo corto, las flechas no saldrán—, explicó Juan, mientras usaba su cuchillo.

Marco casi cae en un pozo oculto, pero Juan lo salva.

—¡Cuidado, Marco! Hay un pozo aquí—, gritó Juan, agarrando a Marco justo a tiempo.

—Gracias, Juan. No lo vi—, respondió Marco, respirando profundamente.

Encuentran una puerta secreta detrás de una estatua.

—Esta estatua parece extraña. Tal vez haya algo detrás—, sugirió Marco.

La puerta lleva a una sala con un gran mosaico en el suelo.

—¡Mira este mosaico! Es increíble—, exclamó Juan, observando los detalles.

El mosaico muestra un mapa del templo con indicaciones hacia el tesoro.

—Parece que es un mapa del templo. Nos indica hacia dónde ir—, dijo Marco, siguiendo con el dedo las líneas del mosaico.

Juan y Marco siguen las indicaciones del mosaico.

—Si seguimos por aquí, deberíamos encontrar el tesoro—, comentó Juan, tomando la delantera.

Llegan a una sala con una gran estatua de un dios antiguo.

—Esa estatua es impresionante. Y parece que sostiene algo—, observó Marco.

La estatua sostiene una llave dorada.

—Esa llave debe ser importante. Vamos a tomarla—, dijo Juan, alcanzando la llave.

Usan la llave para abrir una puerta escondida en la pared.

—Hay una cerradura aquí. La llave debería funcionar—, dijo Marco, insertando la llave en la cerradura.

Detrás de la puerta, encuentran una cámara llena de tesoros.

—¡Lo hemos encontrado! Mira todo esto—, exclamó Juan, asombrado.

Hay oro, joyas y artefactos antiguos por todas partes.

—Esto es increíble. Nunca había visto tanto oro—, dijo Marco, maravillado.

Juan y Marco se sienten abrumados por el descubrimiento.

—Es demasiado para llevarnos todo. ¿Qué hacemos?—, preguntó Juan.

Deciden tomar solo unos pocos artefactos para estudiar y preservar.

—Tomemos solo lo necesario para estudiarlo. El resto debe quedarse aquí—, sugirió Marco.

Marco toma más fotos para documentar el hallazgo.

—Debemos documentar todo esto. Será un descubrimiento muy importante—, dijo Marco mientras fotografiaba los tesoros.

—Sí, y debemos salir de aquí antes de que sea tarde—, concluyó Juan, mirando la salida con preocupación.

- Agarrando - Grabbing
- Artefactos - Artifacts
- Asombrado - Astonished
- Cámara - Chamber
- Cerradura - Lock
- Desactiva - Deactivates
- Delantera - Lead (taking the lead)
- Detalles - Details
- Flechas - Arrows
- Mecanismo - Mechanism
- Mosaico - Mosaic
- Oculto - Hidden
- Pozo - Pit
- Sostiene - Holds
- Tesoro - Treasure

El Regreso Complicado

Con los artefactos en su mochila, comienzan a salir del templo.

—Debemos tener cuidado al salir. No sabemos qué más nos espera—, dijo Juan, ajustando su mochila.

Encuentran más trampas en su camino de regreso.

—¡Mira, otra trampa! Esta vez es diferente—, exclamó Marco, señalando un mecanismo en el suelo.

Juan usa su antorcha para evitar una trampa de gas venenoso.

—Voy a usar la antorcha para desactivar esto. No respires hasta que esté seguro—, advirtió Juan, mientras movía con cuidado la antorcha.

Marco descubre una salida secreta marcada en un mural.

—Juan, aquí hay un mural que muestra una salida secreta—, dijo Marco, examinando las paredes.

Siguen el pasaje secreto hacia una salida alternativa.

—Vamos por aquí. Este pasaje nos llevará fuera más rápido—, sugirió Marco, liderando el camino.

La salida los lleva a una cueva fuera del templo.

—Mira, estamos fuera del templo. Ahora podemos respirar—, dijo Juan, sintiéndose aliviado.

Afuera, se encuentran con los bandidos nuevamente.

—¡Deténganse! Denos todo lo que han encontrado—, ordenó uno de los bandidos, apuntándolos con un arma.

Los bandidos los rodean y exigen el tesoro.

—No podemos entregárselo. Es muy valioso—, susurró Marco a Juan.

Juan y Marco intentan negociar con los bandidos.

—Escuchen, no queremos problemas. Podemos llegar a un acuerdo—, dijo Juan, tratando de calmar la situación.

De repente, escuchan ruidos fuertes en la selva.

—¿Qué es ese ruido?—, preguntó uno de los bandidos, mirando hacia los árboles.

La tribu local aparece para ayudarlos.

—¡Son ellos! La tribu nos está ayudando—, exclamó Marco con alegría.

Los bandidos huyen al ver a la tribu.

—¡Rápido, vámonos de aquí!—, gritó el líder de los bandidos mientras corrían.

Juan y Marco agradecen a la tribu por su ayuda.

—Gracias por salvarnos. No lo habríamos logrado sin ustedes—, dijo Juan, estrechando la mano del jefe de la tribu.

La tribu los escolta a un lugar seguro.

—Síganos. Los llevaremos a un lugar donde puedan descansar—, dijo el jefe de la tribu.

Deciden descansar antes de continuar su viaje de regreso.

—Necesitamos descansar. Ha sido un día muy largo—, dijo Marco, dejándose caer en el suelo.

—Mañana seguiremos nuestro camino. Ahora es momento de recuperarnos—, añadió Juan, cerrando los ojos y respirando profundamente.

- Ajustando - Adjusting
- Antorcha - Torch
- Artefactos - Artifacts
- Cueva - Cave
- Desactivar - To deactivate
- Deténganse - Stop (plural command)
- Escolta - Escort
- Examinando - Examining
- Gas venenoso - Poison gas
- Jefe - Chief
- Liderando - Leading
- Mochila - Backpack
- Negociar - To negotiate
- Pasaje - Passage
- Respiro - To breathe

La Emboscada

Juan y Marco deciden tomar una ruta diferente para evitar a los bandidos.

—Es mejor no arriesgarnos. Vamos por otro camino—, sugirió Juan, mirando el mapa.

—Buena idea. No queremos encontrarnos con esos tipos otra vez—, respondió Marco, siguiendo a Juan.

Mientras avanzan, notan que alguien los sigue.

—¿Escuchaste eso? Creo que nos están siguiendo—, susurró Juan, deteniéndose.

Se esconden detrás de unos arbustos para observar a sus perseguidores.

—Allí están, mira. Son los bandidos—, dijo Marco, asomándose con cuidado.

Descubren que los bandidos están más organizados de lo que pensaban.

—Parece que tienen un plan. Están muy organizados—, observó Juan, preocupado.

Los bandidos planean atacar el campamento de la tribu.

—Escucha, están hablando de atacar el campamento de la tribu—, dijo Marco, alarmado.

Juan y Marco deciden regresar para advertir a la tribu.

—Tenemos que regresar y advertirles. No hay tiempo que perder—, urgió Juan.

Corren a través de la selva, esquivando peligros naturales.

—Cuidado con esas ramas—, gritó Marco mientras corrían.

Llegan al campamento de la tribu justo a tiempo.

—¡Rápido! Los bandidos vienen hacia aquí—, avisó Juan al llegar.

Los líderes de la tribu organizan una defensa rápida.

—Preparémonos para defender nuestro hogar—, ordenó el jefe de la tribu.

Los bandidos llegan al campamento y comienza una intensa lucha.

—¡Aquí vienen!—, gritó Marco, preparándose para la batalla.

Juan y Marco ayudan a la tribu a defenderse.

—No dejemos que pasen—, dijo Juan, luchando junto a los miembros de la tribu.

Utilizan su conocimiento del terreno para tender trampas a los bandidos.

—Podemos usar estas trampas naturales a nuestro favor—, sugirió Marco, colocando ramas y piedras en el camino.

Logran capturar al líder de los bandidos.

—¡Lo tenemos! No puede escapar—, exclamó Juan, sujetando al líder.

El líder revela que buscan un artefacto específico del templo.

—Queremos un artefacto del templo. Es muy valioso—, confesó el líder bajo presión.

La tribu decide llevar al líder a las autoridades locales.

—Debemos entregarlo a las autoridades para que haga justicia—, dijo el jefe de la tribu.

—Estoy de acuerdo. Así no podrán hacer más daño—, añadió Juan, satisfecho con la decisión.

La tribu y los aventureros descansan después de la intensa lucha, sabiendo que han protegido su hogar y los valiosos artefactos del templo.

- Advertir - To warn
- Alarmado - Alarmed
- Arriesgarnos - To risk ourselves
- Asomándose - Peeking

- Autoridades - Authorities
- Campamento - Camp
- Confesó - Confessed
- Esquivando - Dodging
- Lucha - Fight
- Organizados - Organized
- Perseguidores - Pursuers
- Preparémonos - Let's prepare ourselves
- Ramas - Branches
- Sujetar - To hold
- Terreno - Terrain

La Batalla Final

Juan y Marco se enteran de que hay más bandidos en camino.

—Tenemos que prepararnos. Vienen más bandidos—, dijo Marco con preocupación.

La tribu decide moverse a una ubicación más segura.

—Es mejor movernos a un lugar donde podamos defendernos mejor—, sugirió el jefe de la tribu.

En el camino, encuentran un antiguo refugio usado por exploradores anteriores.

—Mira, este refugio parece un buen lugar para resistir el ataque—, comentó Juan.

Preparan el refugio para la llegada de los bandidos.

—Coloquemos barricadas aquí y aquí—, indicó Marco, organizando a la tribu.

Marco descubre un túnel secreto que podría ser una ruta de escape.

—¡Mira esto, Juan! Un túnel secreto. Podría ser nuestra salida o una manera de sorprender a los bandidos—, dijo Marco emocionado.

Juan sugiere usar el túnel para una emboscada.

—Sí, podemos usar el túnel para atacarlos por detrás—, propuso Juan, pensando en una estrategia.

Los bandidos llegan y atacan el refugio con fuerza.

—¡Aquí vienen! Prepárense—, gritó el jefe de la tribu.

La tribu y los exploradores defienden valientemente el refugio.

—No dejemos que entren—, dijo Juan, luchando con valentía.

Juan y Marco usan el túnel para sorprender a los bandidos por detrás.

—Es el momento, vamos—, susurró Marco mientras entraban al túnel.

Logran desarmar a varios bandidos y capturarlos.

—¡Rápido, quítenles las armas!—, ordenó Juan.

El líder de los bandidos escapa durante la confusión.

—¡El líder está escapando!—, exclamó Marco, señalando al hombre que corría hacia la selva.

Juan y Marco lo persiguen a través de la selva.

—No puede ir muy lejos. Vamos tras él—, dijo Juan, corriendo detrás del líder.

Se enfrentan al líder en una cueva oscura.

—No puedes escapar, ríndete—, dijo Marco, entrando en la cueva con precaución.

Después de una feroz lucha, logran capturarlo y recuperar el artefacto.

—¡Lo tenemos! Y aquí está el artefacto—, dijo Juan, sosteniendo el objeto valioso.

La tribu celebra la victoria y agradece a Juan y Marco por su ayuda.

—Gracias por su valentía y ayuda. Han salvado nuestra tierra—, dijo el jefe de la tribu con gratitud.

—Ha sido un honor ayudarles. Este lugar es muy especial—, respondió Juan, sonriendo.

—Sí, y ahora está a salvo gracias a todos—, añadió Marco, feliz por el resultado.

La tribu, Juan y Marco celebran juntos, sabiendo que habían protegido algo muy valioso y superado grandes desafíos.

- Barricadas - Barricades
- Capturar - To capture
- Colocar - To place
- Descubrir - To discover
- Emboscada - Ambush
- Enfrentar - To confront
- Enterarse - To find out
- Escapar - To escape
- Feroz - Fierce
- Indicó - Indicated
- Precaución - Caution
- Proponer - To propose
- Refugio - Refuge
- Resistir - To resist
- Ruta - Route

Epílogo

Juan y Marco entregan el artefacto a las autoridades peruanas.

—Aquí está el artefacto que encontramos en el templo—, dijo Juan, entregando el objeto al oficial.

—Gracias. Esto es un hallazgo muy importante para nuestra historia—, respondió el oficial con una sonrisa.

Reciben reconocimiento por su valentía y contribución a la historia.

—Queremos agradecerles por su valentía y su gran contribución—, dijo el director del museo durante una ceremonia.

El museo local organiza una exposición sobre sus descubrimientos.

—Estamos preparando una gran exposición para mostrar al público lo que han descubierto—, explicó el curador del museo a Juan y Marco.

—Será un honor ver nuestros hallazgos aquí—, comentó Marco, emocionado.

La tribu se convierte en protectora del templo y su legado.

—Es nuestro deber proteger el templo y su historia—, declaró el jefe de la tribu, orgulloso de su herencia.

Juan y Marco planean su próxima aventura, inspirados por su éxito.

—Esta ha sido una experiencia increíble, pero siento que hay más por descubrir—, dijo Juan, mirando un nuevo mapa.

—Estoy de acuerdo. ¿Dónde será nuestra próxima aventura?—, preguntó Marco, sonriendo.

—Tal vez en las montañas de Asia o en los desiertos de África. El mundo está lleno de misterios—, respondió Juan con entusiasmo.

—Entonces, ¡a preparar nuestras mochilas nuevamente!—, exclamó Marco, listo para la próxima aventura.

Así, con el reconocimiento y la gratitud de todos, Juan y Marco se despidieron, listos para enfrentar nuevos desafíos y descubrir más secretos del mundo.

- Agradecer - To thank
- Contribución - Contribution
- Curador - Curator
- Declarar - To declare
- Descubrimientos - Discoveries

- Despedir - To say goodbye
- Exposición - Exhibition
- Hallazgos - Findings
- Herencia - Heritage
- Legado - Legacy
- Montañas - Mountains
- Oficial - Officer
- Organizar - To organize
- Reconocimiento - Recognition
- Valentía - Bravery

La Sombra en Turkestán

La Partida Secreta

Juan, el líder de la expedición, decide ir a Turkestán Chino en busca de una civilización perdida. La decisión no fue fácil, pero la promesa de un gran descubrimiento arqueológico era demasiado tentadora.

—Tenemos que ser cuidadosos y mantener esta misión en secreto—, explicó Juan a su equipo de exploradores reunidos en Madrid. —No queremos atraer atención innecesaria.

Compran equipos y provisiones necesarias para el viaje. Mochilas, tiendas de campaña, comida y herramientas de excavación llenan sus bolsas.

—¿Están todos listos?—, preguntó Juan mientras revisaba la lista de provisiones.

—Sí, tenemos todo lo que necesitamos—, respondió Elena, una de las arqueólogas del equipo.

Se embarcan en un avión hacia Asia Central. Durante el vuelo, revisan los planes y mapas.

—Recuerden, no podemos hablar de nuestra misión con nadie—, dijo Juan. —Es crucial que esto permanezca en secreto.

Llegan a una ciudad fronteriza en Kazajistán. El lugar es bullicioso y desconocido para ellos.

—Nuestro contacto debe estar cerca—, comentó Marco, otro miembro del equipo, mirando a su alrededor.

Encuentran a un contacto local que les ayudará a cruzar la frontera. Es un hombre serio y de pocas palabras, pero confiable.

—Aquí están los documentos falsificados—, dijo el contacto entregándoles los papeles. —Úsenlos bien y no llamen la atención.

Cruzan la frontera en la noche para evitar ser detectados. La oscuridad les proporciona una cobertura natural mientras avanzan en silencio.

Se adentran en el desierto con la ayuda de un guía local. El desierto es vasto y desafiante, pero el guía conoce bien el terreno.

—Sigamos avanzando. Montaremos campamento más adelante—, sugirió el guía, liderando el camino.

Montan campamento en un lugar seguro lejos de las rutas principales. La noche es tranquila y fresca, perfecta para descansar.

Juan revisa el mapa antiguo que señala la ubicación de la civilización perdida. La emoción es palpable en sus ojos.

—Si estas indicaciones son correctas, estamos cerca—, dijo Juan mostrando el mapa a su equipo.

Deciden avanzar hacia unas montañas visibles en el horizonte. La jornada será larga, pero están decididos a seguir adelante.

—Mantengamos la comunicación al mínimo para no llamar la atención—, advirtió Juan.

Comienzan a notar la presencia de patrullas militares en la zona. Esto les pone nerviosos, pero no pueden retroceder ahora.

—Patrullas. Tenemos que ser muy cuidadosos—, susurró Marco, señalando a lo lejos.

—Sigamos adelante, pero con mucho cuidado—, respondió Juan, liderando al grupo hacia su destino.

- Adentrarse - To go into
- Arqueólogas - Archaeologists
- Bullicioso - Bustling
- Civilización - Civilization
- Cubrir - To cover
- Desafiante - Challenging
- Excavación - Excavation
- Falsificados - Falsified
- Guía - Guide
- Indicación - Indication
- Montar - To set up

- Patrullas - Patrols
- Provisiones - Supplies
- Secreto - Secret
- Tentadora - Tempting

Primeros Descubrimientos

Juan y su equipo encuentran ruinas antiguas cerca de un oasis. El lugar parece haber sido habitado hace muchos siglos.

—Miren esto—, dijo Elena, señalando una columna rota con inscripciones extrañas. —Parece ser parte de una estructura mayor.

Analizan las inscripciones y objetos encontrados. Juan toma fotos y hace dibujos en su cuaderno.

—Estas inscripciones podrían darnos más pistas sobre la civilización perdida—, comentó Juan, emocionado.

Descubren una serie de túneles subterráneos escondidos detrás de las ruinas. La entrada está parcialmente cubierta por la arena.

—Deberíamos explorar estos túneles—, sugirió Marco. —Podría haber más descubrimientos importantes allí.

Deciden explorar los túneles a pesar del riesgo. La oscuridad y el aire húmedo hacen que el ambiente sea tenso.

—No se separen y mantengan las linternas encendidas—, ordenó Juan mientras avanzaban con cautela.

Encuentran restos de cerámica y herramientas antiguas. Los objetos parecen bien conservados a pesar del tiempo.

—Esto es increíble—, dijo Elena, examinando una vasija rota. —Estas herramientas nos dicen mucho sobre su modo de vida.

Juan toma notas detalladas de los hallazgos. Cada pieza es importante para entender la historia de la civilización.

—Debemos documentar todo esto con precisión—, afirmó Juan, mientras escribía en su cuaderno.

Sienten que alguien los observa desde las sombras. Unos ojos brillan en la oscuridad, lo que pone nerviosos a todos.

—¿Vieron eso?—, preguntó Marco, visiblemente asustado.

—Sí, salgamos de aquí antes de que sea demasiado tarde—, respondió Juan, guiando al equipo hacia la salida.

Deciden salir de los túneles para no ser atrapados. La sensación de peligro es demasiado grande para ignorarla.

Vuelven al campamento y discuten sus descubrimientos. La emoción de los hallazgos compite con la preocupación por la seguridad.

—Encontramos mucho hoy, pero esos ojos en la oscuridad me asustan—, confesó Elena.

Deciden seguir explorando la región en busca de más pistas. No pueden dejar que el miedo los detenga.

Encuentran un pequeño pueblo habitado por una comunidad aislada. Los habitantes parecen amigables pero reservados.

—Hola, venimos en paz. ¿Pueden ayudarnos?—, preguntó Juan a uno de los aldeanos.

Hablan con los habitantes y obtienen información valiosa. Los aldeanos conocen leyendas sobre la civilización perdida.

—Dicen que hay un gran peligro en esta zona—, explicó Marco después de hablar con el jefe del pueblo.

Los aldeanos les advierten sobre el peligro en la zona. Les cuentan historias de desapariciones y misteriosas patrullas.

—Debemos ser muy cuidadosos. Algo extraño está ocurriendo aquí—, advirtió Juan.

Deciden moverse más al este para evitar problemas. La nueva dirección parece más segura, pero la tensión permanece.

La sensación de ser vigilados persiste. A medida que avanzan, todos sienten que algo o alguien sigue sus pasos.

—No podemos bajar la guardia—, dijo Juan, manteniéndose alerta. —La seguridad del equipo es lo primero.

- Aldeanos - Villagers
- Afirmar - To affirm
- Aislada - Isolated
- Analizar - To analyze
- Cautela - Caution
- Descubrimientos - Discoveries
- Habitar - To inhabit
- Herramientas - Tools
- Inscripciones - Inscriptions
- Linternas - Flashlights
- Oasis - Oasis
- Patrullas - Patrols
- Percibir - To perceive
- Ruinas - Ruins
- Túneles - Tunnels

Encuentro con la Realidad

El equipo se encuentra con una patrulla militar mientras avanzan hacia el este. Los soldados están fuertemente armados y patrullan la zona con seriedad.

—¡Patrulla!—, susurró Marco, señalando hacia adelante.

Logran esconderse antes de ser descubiertos. Se agachan detrás de unos arbustos, conteniendo la respiración.

—Tenemos que ser más cuidadosos—, dijo Juan en voz baja. —Esto es peligroso.

Juan decide que deben avanzar solo de noche para evitar ser vistos.

—Nos moveremos cuando oscurezca. Será más seguro—, explicó Juan al equipo.

Descubren señales de reciente actividad humana en la zona. Huellas frescas y basura indican que alguien ha estado allí no hace mucho.

—Miren estas huellas. No estamos solos aquí—, comentó Elena, preocupada.

Encuentran un campamento militar abandonado. Las tiendas están destrozadas, pero algunas provisiones aún son útiles.

—Parece que salieron de prisa—, observó Marco mientras recogía algunos suministros.

Recolectan suministros y mapas que encuentran en el campamento. Los mapas muestran rutas y posiciones estratégicas.

—Estos mapas pueden ser muy útiles—, dijo Juan, guardándolos cuidadosamente.

Empiezan a notar una fuerte vigilancia en el área. Hay cámaras y sensores ocultos en los árboles.

—Nos están vigilando. Debemos ser muy discretos—, advirtió Elena.

Deciden tomar un desvío hacia las montañas para evitar ser detectados. El terreno es difícil, pero ofrece mejor cobertura.

—Por aquí, las montañas nos darán más protección—, sugirió Juan, liderando el grupo.

Encuentran una entrada oculta en las montañas. Una roca enorme cubre parcialmente la entrada de una cueva.

—Esto parece una entrada secreta—, dijo Marco, moviendo la roca.

Descubren una red de túneles que lleva a una vasta ciudad subterránea. Las paredes están talladas con símbolos antiguos.

—Es impresionante. Parece una ciudad entera bajo tierra—, comentó Elena, asombrada.

La ciudad parece abandonada pero bien preservada. Los edificios están intactos y hay signos de actividad reciente.

—Aquí hay algo más que ruinas—, dijo Juan, explorando con cautela.

Juan y su equipo exploran la ciudad con cautela. Encuentran habitaciones llenas de artefactos y documentos.

—Estos documentos pueden ser valiosos—, dijo Elena, revisando un antiguo pergamino.

Encuentran documentos y artefactos de gran valor histórico. Los objetos parecen contar la historia de una civilización avanzada.

—Esto es más de lo que esperábamos—, dijo Juan, emocionado.

Se dan cuenta de que alguien ha estado viviendo allí recientemente. Hay comida fresca y ropa moderna.

—Alguien ha estado aquí no hace mucho—, comentó Marco, mostrando una chaqueta reciente.

Deciden pasar la noche en la ciudad subterránea. El lugar parece seguro y les ofrece refugio.

—Descansaremos aquí. Mañana exploraremos más—, dijo Juan, estableciendo un campamento.

El equipo se prepara para dormir, conscientes de los riesgos, pero también emocionados por los descubrimientos que han hecho.

- Abandonado - Abandoned
- Agacharse - To crouch
- Arbustos - Bushes
- Cautela - Caution
- Descubrimientos - Discoveries
- Desvío - Detour
- Documento - Document
- Huella - Footprint
- Oculto - Hidden
- Pergamino - Parchment
- Provisión - Supply
- Red - Network

- Señal - Signal
- Símbolo - Symbol
- Vigilancia - Surveillance

La Red de Campos

Juan y su equipo encuentran una salida de la ciudad subterránea. Después de explorar varios túneles, ven una luz al final de uno de ellos.

—Creo que por aquí hay una salida—, dijo Marco, señalando la luz.

Emergen en una región desconocida y desolada. El paisaje es árido y parece que no hay vida alrededor.

—Este lugar se ve desolado. No parece haber nada ni nadie por aquí—, comentó Elena, mirando a su alrededor.

Ven una instalación grande con alta seguridad en la distancia. Las cercas y las torres de vigilancia son visibles desde lejos.

—¿Qué es eso?—, preguntó Juan, sacando sus binoculares para ver mejor.

Deciden acercarse con precaución para investigar. Caminan lentamente, usando la vegetación y el terreno para cubrirse.

—No podemos acercarnos demasiado. Mantengamos una distancia segura—, sugirió Juan.

Observan que la instalación es un campo de concentración. Ven a guardias patrullando y prisioneros trabajando.

—Esto es un campo de concentración. No puedo creer lo que estoy viendo—, dijo Marco, horrorizado.

Ven a personas siendo forzadas a trabajar en condiciones inhumanas. Están delgadas, cansadas y maltratadas.

—Tenemos que documentar esto. El mundo debe saber lo que está pasando aquí—, dijo Juan, tomando fotos y notas detalladas como evidencia.

Deciden no intervenir para no poner en riesgo a su equipo. La seguridad del grupo es lo primero.

—No podemos hacer nada por ahora. Necesitamos informar a alguien primero—, dijo Elena, con tristeza.

Encuentran una manera de entrar en el campo sin ser vistos. Ven un pequeño túnel de drenaje que lleva al interior.

—Podemos usar ese túnel para entrar y salir sin ser detectados—, sugirió Marco.

Descubren que hay varios campos similares en la región. Desde una colina, ven otras instalaciones similares en la distancia.

—Hay muchos más. Esto es más grande de lo que imaginamos—, dijo Juan, preocupado.

Se dan cuenta de la magnitud del problema. No es solo un campo, sino una red completa.

—Esto es terrible. Necesitamos ayuda para detener esto—, dijo Elena, con determinación.

Intentan comunicarse con el exterior para informar de sus hallazgos. Usan una radio portátil, pero la señal es débil.

—No logro contactar a nadie. La señal es muy mala—, dijo Juan, frustrado.

Deciden moverse a una ubicación más segura para intentar de nuevo. Eligen un lugar alto para mejorar la señal.

—Vamos a ese monte. Tal vez desde allí tengamos mejor señal—, sugirió Marco.

Mantienen un perfil bajo mientras buscan una solución. Se mueven con cuidado, evitando ser detectados.

—No podemos permitirnos ser vistos. Debemos ser muy cautelosos—, dijo Juan, liderando al equipo.

La situación es crítica, pero Juan y su equipo están decididos a hacer algo. Saben que el mundo necesita saber la verdad sobre lo que han encontrado.

- Árido - Arid
- Binoculares - Binoculars
- Cauteloso - Cautious
- Colina - Hill
- Concentración - Concentration
- Desolado - Desolate
- Drenaje - Drainage
- Emerger - To emerge
- Evidencia - Evidence
- Forzado - Forced
- Horrorizado - Horrified
- Inhumano - Inhumane
- Instalación - Facility
- Maltratado - Mistreated
- Vigilancia - Surveillance

La Fuga Complicada

Deciden regresar a la ciudad subterránea para planear su siguiente movimiento. La seguridad del lugar les da tiempo para pensar con claridad.

—Tenemos que volver a la ciudad subterránea. Allí estaremos a salvo por ahora—, dijo Juan, liderando al grupo.

Encuentran a un prisionero fugitivo escondido en la ciudad. El hombre está débil y asustado.

—¿Quién eres?—, preguntó Marco, acercándose con cautela.

—Soy un prisionero que logró escapar de los campos—, respondió el hombre con voz temblorosa.

El fugitivo les cuenta sobre los horrores de los campos. Habla de maltratos, hambre y trabajos forzados.

—Es un infierno. Nadie debería pasar por eso—, dijo el fugitivo con lágrimas en los ojos.

Deciden ayudar al fugitivo a escapar con ellos. Saben que no pueden dejarlo allí.

—Te ayudaremos a salir de aquí. No estás solo—, dijo Elena, ofreciéndole agua y comida.

Planean una ruta de escape hacia Kazajistán. Es la opción más segura para todos.

—Debemos ir hacia el norte, a través de los túneles y luego cruzar la frontera—, explicó Juan.

El camino está lleno de patrullas y puntos de control. Cada paso es un riesgo.

—Tenemos que ser muy cuidadosos. No podemos ser detectados—, advirtió Marco.

Utilizan los túneles subterráneos para evitar ser detectados. El laberinto de pasajes les ofrece protección.

—Por aquí, rápido. Este túnel nos llevará fuera de la vigilancia—, dijo Juan, guiando al grupo.

Encuentran suministros escondidos por otros fugitivos. Agua, comida y mapas son un alivio bienvenido.

—Alguien más ha pasado por aquí antes. Esto nos ayudará—, comentó Elena, recogiendo los suministros.

Logran evitar varias patrullas militares gracias a la información del fugitivo. Sus consejos son valiosos.

—Ese camino está siempre vigilado. Vayamos por el otro lado—, sugirió el fugitivo.

Llegan a la frontera pero está fuertemente vigilada. Los guardias patrullan con frecuencia.

—No podemos cruzar por aquí. Hay demasiados guardias—, dijo Marco, preocupado.

El fugitivo les sugiere una ruta alternativa por las montañas. Aunque es peligrosa, es su única opción.

—Conozco un paso por las montañas. Será difícil, pero podemos hacerlo—, dijo el fugitivo.

El terreno es peligroso y difícil de atravesar. Rocas sueltas y pendientes empinadas dificultan el avance.

—Cuidado con esas rocas. Una caída aquí sería fatal—, advirtió Juan.

Pierden parte de su equipo en una avalancha. La nieve y las rocas arrastran varias mochilas.

—¡Rápido, sigamos adelante!—, gritó Marco, ayudando a Elena a levantarse.

Logran llegar a un paso seguro en la frontera. La vista de Kazajistán al otro lado les da esperanza.

—Ahí está. Solo un poco más—, dijo Juan, animando al grupo.

Finalmente cruzan la frontera pero están agotados y sin recursos. La sensación de alivio es abrumadora.

—Lo logramos. Estamos a salvo—, dijo Elena, dejándose caer al suelo con una sonrisa.

El equipo y el fugitivo se abrazan, sabiendo que han superado una prueba extremadamente difícil. Ahora, deben encontrar ayuda y seguir adelante.

- Abrazar - To hug
- Avalancha - Avalanche
- Cautela - Caution
- Cruzar - To cross
- Detectar - To detect
- Difícil - Difficult
- Empinado - Steep
- Escapar - To escape
- Frontera - Border
- Fugitivo - Fugitive
- Laberinto - Labyrinth
- Liderar - To lead
- Pendiente - Slope
- Prisionero - Prisoner

- Suministros - Supplies

El Precio de la Verdad

En Kazajistán, buscan ayuda en una ciudad cercana. Están agotados y necesitan descansar.

—Debemos encontrar un lugar seguro para recuperarnos—, dijo Juan, liderando al grupo hacia la ciudad.

Contactan a una embajada para informar de sus descubrimientos. Juan explica todo lo que han visto y vivido.

—Hemos encontrado algo terrible en Turkestán Chino. Necesitamos ayuda—, dijo Juan con seriedad.

Reciben ayuda médica y alimentos. Los doctores los atienden y les dan comida caliente.

—Gracias por ayudarnos. Estábamos desesperados—, dijo Elena, aliviada.

La embajada promete investigar pero les advierte que es peligroso.

—Lo que han descubierto es muy delicado. Pueden estar en gran peligro—, advirtió el diplomático.

Juan y Marco deciden que deben volver a España cuanto antes. Saben que su seguridad está en riesgo.

—Tenemos que regresar a España. Estaremos más seguros allí—, sugirió Marco.

Se enteran de que el gobierno chino los está buscando. Los medios de comunicación locales informan sobre ellos.

—Nos están buscando. No podemos quedarnos aquí—, dijo Juan, preocupado.

Toman medidas para cambiar su apariencia y evitar ser reconocidos. Se cortan el pelo y se visten de manera diferente.

—Así será más difícil que nos reconozcan—, dijo Elena, mirando su nuevo aspecto en el espejo.

Viajan de forma clandestina hacia el oeste. Utilizan medios de transporte poco convencionales para evitar ser detectados.

—No podemos usar aviones ni trenes. Viajar de forma clandestina es nuestra mejor opción—, dijo Marco.

Encuentran apoyo de algunos lugareños que simpatizan con su causa. Les proporcionan refugio y ayuda para seguir adelante.

—Estamos con ustedes. Lo que han descubierto debe salir a la luz—, dijo un lugareño mientras les daba comida.

Cruzan varias fronteras con documentos falsos. Cada cruce es tenso, pero logran pasar sin incidentes.

—Estos documentos falsos están funcionando. Sigamos así—, dijo Juan con esperanza.

Llegan a Europa del Este sin incidentes graves. Por fin, están en un lugar donde pueden contactar a personas influyentes.

—Ya casi estamos en casa. Solo un poco más—, dijo Elena, sintiéndose más tranquila.

Contactan a un periodista para hacer pública la historia. El periodista se muestra interesado y promete ayudar.

—Su historia es increíble. Vamos a hacerla pública—, dijo el periodista.

El periodista les ayuda a organizar una conferencia de prensa. Todo está listo para revelar la verdad al mundo.

—La conferencia de prensa será mañana. Prepárense para hablar—, les informó el periodista.

Reciben amenazas de varios grupos interesados en silenciarlos. No todos quieren que la verdad se sepa.

—No nos asustan. Debemos seguir adelante—, dijo Marco con determinación.

Deciden seguir adelante a pesar del peligro. Saben que su misión es importante y no pueden rendirse ahora.

—La verdad debe salir a la luz. No podemos parar ahora—, afirmó Juan, mientras se preparaban para la conferencia de prensa.

La decisión está tomada y el grupo está listo para enfrentarse a lo que venga, sabiendo que el precio de la verdad es alto, pero necesario.

- Apariencia - Appearance
- Avergonzar - To embarrass
- Clandestino - Clandestine
- Conferencia - Conference
- Descubrimientos - Discoveries
- Diplomático - Diplomat
- Embajada - Embassy
- Incidente - Incident
- Lugareños - Locals
- Medios de comunicación - Media
- Organizar - To organize
- Proporcionar - To provide
- Reconocer - To recognize
- Rendirse - To give up
- Simpatizar - To sympathize

La Exposición al Mundo

La conferencia de prensa se lleva a cabo en una ciudad europea. El salón está lleno de periodistas y cámaras de todo el mundo.

—Estamos listos. Es hora de contar nuestra historia—, dijo Juan con firmeza.

Juan y su equipo presentan las evidencias recolectadas. Muestran fotos, videos y documentos que prueban la existencia de los campos.

—Esto es lo que encontramos en Turkestán Chino—, explicó Elena, mostrando una de las fotos más impactantes.

El mundo se sorprende por las revelaciones sobre los campos. Los periodistas escriben frenéticamente y las preguntas no se hacen esperar.

—¿Cómo lograron salir vivos de allí?—, preguntó un periodista, asombrado por la valentía del equipo.

Organizaciones internacionales comienzan a investigar. La noticia se expande rápidamente y muchas organizaciones de derechos humanos se interesan en el caso.

—Iniciaremos una investigación inmediata—, declaró un portavoz de una ONG.

El gobierno chino niega las acusaciones y amenaza con represalias. Declaran que todo es una farsa y acusan a Juan y su equipo de mentir.

—Estas son acusaciones sin fundamento. Habrá consecuencias—, dijo un representante del gobierno chino.

Juan y su equipo reciben protección policial. La amenaza es real y necesitan seguridad.

—No podemos permitir que les pase nada. Tendrán protección las 24 horas—, aseguró un oficial de policía.

Algunos países ofrecen apoyo y asilo a los sobrevivientes. La solidaridad internacional se hace presente.

—Estamos dispuestos a ofrecerles asilo y protección—, anunció un diplomático.

La situación en Turkestán Chino se vuelve más tensa. Las autoridades incrementan la vigilancia y reprimen cualquier intento de protesta.

—La situación allí es crítica. Debemos seguir presionando—, dijo Marco.

Juan y su equipo son considerados héroes por algunos y enemigos por otros. Las opiniones están divididas, pero ellos saben que hicieron lo correcto.

—No todos entienden lo que hicimos, pero era necesario—, comentó Elena.

Deciden continuar su trabajo a pesar de las dificultades. No dejarán que las amenazas los detengan.

—Debemos seguir adelante. Esto es solo el comienzo—, dijo Juan con determinación.

Publican un libro sobre sus experiencias y descubrimientos. El libro se convierte en un éxito y difunde aún más su historia.

—Nuestra historia debe ser conocida por todos—, afirmó Marco durante una entrevista.

Reciben apoyo de varias ONGs y activistas de derechos humanos. La solidaridad y el respaldo moral les dan fuerzas.

—Estamos con ustedes. No están solos en esta lucha—, dijo una activista de derechos humanos.

Empiezan a recibir información de otros exploradores y testigos. Más personas se atreven a hablar y compartir sus experiencias.

—No somos los únicos que han visto estas atrocidades—, dijo Elena, leyendo una carta de otro testigo.

La presión internacional sobre el gobierno chino aumenta. Los gobiernos y las organizaciones exigen respuestas y acciones.

—No podemos ignorar lo que está pasando. El mundo debe actuar—, declaró un líder internacional.

La vida de Juan y su equipo cambia radicalmente por sus acciones. Ahora son figuras públicas y su misión de revelar la verdad continúa.

—Nuestra vida nunca volverá a ser igual, pero hicimos lo correcto—, dijo Juan, reflexionando sobre todo lo que han logrado.

El camino es difícil, pero están decididos a seguir luchando por la justicia y los derechos humanos.

- Acusaciones - Accusations

- Asilo - Asylum
- Atrocidades - Atrocities
- Conferencia - Conference
- Declarar - To declare
- Derechos humanos - Human rights
- Difundir - To spread
- Evidencias - Evidence
- Farsa - Farce
- Frenéticamente - Frantically
- Investigación - Investigation
- Opiniones - Opinions
- Protección - Protection
- Represalias - Reprisals
- Sobrevivientes - Survivors

La Consecuencia Final

El gobierno chino intensifica su búsqueda de Juan y su equipo. La presión sobre ellos se vuelve insoportable.

—Están redoblando esfuerzos para encontrarnos—, dijo Juan, leyendo las noticias con preocupación.

Algunos miembros del equipo desaparecen misteriosamente. La incertidumbre y el miedo se apoderan del grupo.

—¿Dónde está Elena? No la hemos visto en días—, comentó Marco, visiblemente preocupado.

Juan sospecha que están siendo vigilados constantemente. La paranoia empieza a afectar sus acciones.

—Nos están vigilando, lo sé. No podemos bajar la guardia—, advirtió Juan, mirando por la ventana.

Deciden mudarse a un lugar seguro y cambiar de identidad. La seguridad del grupo es la prioridad.

—Debemos desaparecer y comenzar de nuevo. Es la única manera—, dijo Marco.

A pesar de los riesgos, continúan su labor de denuncia. Saben que no pueden rendirse ahora.

—Seguiremos luchando, aunque sea desde las sombras—, afirmó Juan con determinación.

Reciben noticias de que las investigaciones internacionales están avanzando. Esto les da un poco de esperanza.

—Las investigaciones están revelando la verdad. No estamos solos en esto—, comentó Marco, leyendo un informe.

El gobierno chino empieza a reprimir más severamente en Turkestán Chino. Las condiciones allí empeoran.

—La situación está peor que nunca. Tenemos que seguir denunciando—, dijo Juan.

Las tensiones políticas globales aumentan debido a las revelaciones. El mundo está en un estado de alerta.

—Esto se ha vuelto un problema internacional. La presión sobre China es enorme—, comentó Marco.

Juan y Marco se dan cuenta de que sus vidas nunca volverán a ser normales. La carga es pesada y constante.

—No hay vuelta atrás. Esto ha cambiado nuestras vidas para siempre—, dijo Juan, reflexionando.

La presión constante empieza a afectar su salud mental y física. Ambos están agotados y estresados.

—Necesitamos un descanso, Juan. No podemos seguir así—, admitió Marco.

Deciden tomar un descanso y se separan temporalmente. Es una decisión difícil pero necesaria.

—Vamos a descansar y recobrar fuerzas. Luego seguiremos—, dijo Juan.

Juan continúa trabajando en la sombra, recolectando más evidencia. Su compromiso no disminuye.

—La verdad debe salir a la luz, no importa cuánto tiempo tome—, pensó Juan mientras trabajaba.

Marco se muda a un país lejano para empezar una nueva vida. Busca un poco de paz y estabilidad.

—Necesito empezar de nuevo. Estaré en contacto—, dijo Marco, despidiéndose de Juan.

Ambos saben que no pueden detenerse hasta que haya justicia. La misión sigue siendo clara y urgente.

—Seguiremos luchando. No podemos dejar que esto quede impune—, prometió Juan.

La historia de la civilización perdida queda en segundo plano, eclipsada por la lucha por los derechos humanos en Turkestán Chino. La prioridad es salvar vidas y revelar la verdad.

—Nuestra primera misión era diferente, pero ahora tenemos un propósito mayor—, reflexionó Juan, decidido a continuar su labor.

El camino es incierto, pero la determinación de Juan y Marco sigue intacta. La lucha por la justicia es ahora su principal objetivo.

- Apoderar - To seize/control
- Denuncia - Complaint/denunciation
- Desaparecer - To disappear
- Determinado - Determined
- Eclipsar - To overshadow
- Esfuerzo - Effort
- Impunidad - Impunity
- Incertidumbre - Uncertainty
- Insoportable - Unbearable
- Paranoia - Paranoia
- Presión - Pressure
- Reprimir - To repress
- Revelar - To reveal
- Sombras - Shadows
- Tensión - Tension

A Través del Triángulo

El Inicio de la Aventura

María se prepara para su viaje en velero. Está emocionada y nerviosa a la vez. Su sueño es cruzar el Atlántico y romper un récord. Ha estado entrenando y planificando durante meses. En el puerto, su familia y amigos la despiden con abrazos y palabras de aliento.

—¡Buena suerte, María! —grita su madre desde el muelle.

—Gracias, mamá. Nos vemos pronto —responde María, tratando de contener las lágrimas.

María revisa todo el equipo necesario una última vez. Su velero, "La Esperanza", está listo para zarpar. Ella estudia la ruta y el clima previsto, asegurándose de tener todo bajo control. Verifica que tiene suficiente comida y agua para todo el viaje.

El primer día de navegación es tranquilo. El sol brilla y el mar está calmado. María disfruta de la brisa fresca mientras el velero se desliza sobre el agua. Siente una inmensa libertad y felicidad. Registra su progreso en un diario, anotando cada detalle del viaje.

A lo lejos, ve algo que llama su atención. Son delfines, jugando cerca del velero. María se ríe y les toma fotos con su cámara. Los delfines parecen acompañarla por un rato antes de desaparecer en las profundidades del océano.

Mientras continúa su viaje, recuerda las historias de otros navegantes que han cruzado el Atlántico. Cada noche, revisa las estrellas para orientarse, tal como lo hicieron esos valientes marineros. La conexión con la naturaleza la llena de paz.

Envía mensajes por radio a sus amigos, compartiendo su progreso y experiencias. La emoción y la adrenalina la mantienen despierta durante horas, disfrutando cada momento de esta gran aventura.

—Es solo el comienzo —piensa María, con una sonrisa en el rostro. Sabe que aún tiene un largo camino por recorrer, pero está lista para enfrentarlo.

- Adrenalina - Adrenaline
- Aliento - Encouragement
- Atlántico - Atlantic
- Borde - Edge
- Brisa - Breeze
- Contener - To contain
- Despedir - To say goodbye
- Diario - Diary
- Entrenar - To train
- Escondidas - Hidden
- Libertad - Freedom
- Navegación - Navigation
- Orientarse - To orient oneself
- Profundidades - Depths
- Zarpar - To set sail

Primeros Obstáculos

A los pocos días de haber zarpado, el clima empieza a cambiar. El cielo, antes despejado, se llena de nubes oscuras. El viento se vuelve más fuerte y las olas crecen, golpeando el velero con fuerza. María se enfrenta a su primera tormenta.

—Debo asegurar todo en el velero —piensa, con determinación. Amarra las velas y revisa que todo esté bien sujeto para evitar daños. La tormenta dura varias horas intensas, durante las cuales María lucha por mantener el control del velero.

Finalmente, la tormenta pasa. María se siente agotada, pero feliz por haber superado la prueba. En el horizonte, ve un arcoíris que ilumina el cielo oscuro. Decide descansar un poco y recuperar fuerzas después de la dura batalla contra la naturaleza.

Al inspeccionar el velero, encuentra algunas pequeñas averías. Sin perder tiempo, usa sus herramientas para reparar lo necesario. Mientras trabaja, reflexiona sobre la importancia de estar preparada para cualquier situación.

Cada día, María se siente más segura de sus habilidades. La experiencia de la tormenta la ha fortalecido. Un día, descubre un banco de peces brillantes que nadan cerca del velero. La vista es impresionante, y María toma fotos para documentar su viaje.

Mantiene contacto regular con su familia, compartiendo sus aventuras y desafíos. Sus mensajes son un consuelo y una fuente de motivación. En uno de esos mensajes, escribe:

—Hoy vi algo increíble, un banco de peces de colores. Este viaje es realmente una aventura sin igual.

Reflexiona sobre la inmensidad del océano y la pequeñez del ser humano ante la naturaleza. Cada día es una lección de humildad y perseverancia. María sabe que aún le quedan muchos desafíos por delante, pero se siente lista para enfrentarlos con valentía.

- Asegurar - To secure
- Averías - Breakdowns
- Banco - Shoal (of fish)
- Desafíos - Challenges
- Despejado - Clear (sky)
- Esforzarse - To strive
- Fortalecido - Strengthened
- Herramientas - Tools
- Humedad - Humidity
- Iluminar - To illuminate
- Inmensidad - Immensity
- Motivación - Motivation
- Nubes - Clouds
- Perseverancia - Perseverance
- Tormenta - Storm

Encuentro con Ballenas

Una mañana, mientras navega, María ve algo grande en el horizonte. Se esfuerza por enfocar su vista y, poco a poco, se da cuenta de que son ballenas. Su corazón late con emoción al ver a estos majestuosos animales tan cerca.

Las ballenas nadan cerca de su velero, moviéndose con gracia y poder. María se siente maravillada por su tamaño y belleza. Se sienta en la cubierta, observando cómo se comunican entre ellas con suaves cantos que resuenan en el agua.

—¡Qué increíble! —exclama María, mientras toma su cámara para grabar videos. Quiere compartir este momento único con sus amigos y familia. Captura cada movimiento, cada salto y cada interacción entre las ballenas.

Las ballenas siguen al velero durante varias horas. María se siente profundamente conectada con la naturaleza. Piensa en la importancia de proteger a estos animales y sus hábitats.

Finalmente, las ballenas se alejan, continuando su viaje por el océano. María se siente inspirada y llena de energía. Este encuentro le ha dado una nueva perspectiva y un renovado entusiasmo para su travesía.

El mar se calma y el clima es perfecto. María aprovecha para nadar cerca del velero, sintiendo el agua fresca y limpia. Disfruta de la tranquilidad y el silencio, solo interrumpido por el suave murmullo del mar.

Cada día se siente más cerca de su objetivo. La experiencia con las ballenas la ha llenado de esperanza y determinación. Sabe que aún hay mucho por recorrer, pero está lista para enfrentar cualquier desafío que venga. La aventura continúa y María está más decidida que nunca a cruzar el Atlántico y romper el récord.

- Aprovechar - To take advantage of
- Ballenas - Whales
- Cubierta - Deck
- Desafío - Challenge
- Determinado - Determined
- Enfocar - To focus
- Entusiasmo - Enthusiasm

- Gracia - Grace
- Habitat - Habitat
- Horizonte - Horizon
- Interacción - Interaction
- Majestuoso - Majestic
- Maravillado - Amazed
- Murmullo - Murmur
- Travesía - Journey

Enfrentando la Soledad

Pasan los días y María empieza a sentir la soledad en su velero. Extraña a su familia y amigos, y la inmensidad del océano le hace sentir pequeña y aislada. Para levantar el ánimo, escucha música. Las melodías le traen recuerdos felices y la ayudan a no sentirse tan sola.

Además, lee los libros que trajo para el viaje. Las historias la transportan a otros mundos y le brindan compañía en los momentos más difíciles. Escribe en su diario sobre sus sentimientos, expresando lo que no puede decir en voz alta.

—Hoy el mar está tan tranquilo —anota María en una de sus entradas. Se enfrenta a un mar en calma y sin viento, lo que hace que el velero avance lentamente. Aprovecha este tiempo para hacer mantenimiento al velero, revisando cada detalle y asegurándose de que todo esté en buen estado.

Recuerda las palabras de aliento de su familia, especialmente las de su madre: —Eres fuerte, María. Puedes lograrlo. Estas palabras le dan fuerza y la motivan a seguir adelante.

Ve hermosos atardeceres y amaneceres, que pintan el cielo con colores espectaculares. Estos momentos le traen paz y una sensación de conexión con el mundo natural. Habla consigo misma para mantenerse positiva y motivada, recordando su meta de cruzar el Atlántico.

Encuentra consuelo en la belleza del océano, observando aves marinas que la acompañan por momentos. Estas pequeñas visitas la animan y le recuerdan que no está completamente sola.

Piensa en su meta y se siente motivada. La soledad, aunque difícil, se convierte en una aliada para reflexionar sobre su vida y sus objetivos. Cada día que pasa, María se siente más fuerte y decidida a completar su travesía. La aventura continúa, y aunque la soledad es un reto, también es una oportunidad para crecer y aprender más sobre sí misma.

- Aislar - To isolate
- Aliada - Ally
- Ánimo - Spirit/mood
- Aprovechar - To take advantage of
- Atardecer - Sunset
- Brindar - To provide
- Calma - Calm
- Conexión - Connection
- Inmensidad - Immensity
- Mantenimiento - Maintenance
- Melodías - Melodies
- Motivar - To motivate
- Reflexionar - To reflect
- Sensación - Feeling/sensation
- Soledad - Solitude

El Misterio del Triángulo de las Bermudas

María se acerca al Triángulo de las Bermudas, una zona conocida por sus misterios y leyendas. Recuerda las historias de desapariciones misteriosas y barcos perdidos sin dejar rastro. Siente una mezcla de emoción y temor mientras avanza hacia esta parte del océano.

El clima comienza a cambiar de nuevo. Nubes oscuras aparecen en el horizonte y el viento sopla con más fuerza, haciendo que las olas golpeen el velero con mayor intensidad. De repente, los instrumentos de navegación fallan temporalmente, dejando a María desorientada.

—¿Qué está pasando? —se pregunta, intentando mantener la calma. Escucha ruidos extraños provenientes del océano, sonidos que nunca había oído antes. El ambiente se vuelve inquietante y misterioso.

Esa noche, ve luces misteriosas en el cielo nocturno. Las luces parpadean y se mueven de manera errática, llenando a María de inquietud. Una niebla densa cubre el velero, reduciendo la visibilidad a casi cero. La sensación de aislamiento y vulnerabilidad se intensifica.

María siente que el tiempo se detiene. Cada segundo parece durar una eternidad. El velero parece moverse por sí solo, como si una fuerza desconocida lo estuviera guiando. La tensión y el miedo se apoderan de ella, pero trata de mantenerse enfocada y fuerte.

—Tengo que seguir adelante —se dice a sí misma, intentando calmar su mente. A pesar del miedo, decide confiar en su instinto y en su habilidad para navegar. El misterio del Triángulo de las Bermudas es real y lo está viviendo en carne propia. La aventura se ha vuelto más peligrosa y emocionante que nunca, y María está decidida a superar este nuevo desafío.

- Apoderar - To seize/control
- Aproximarse - To approach
- Desapariciones - Disappearances
- Desorientada - Disoriented
- Enfocar - To focus
- Horizonte - Horizon
- Inquietante - Unsettling
- Instinto - Instinct
- Intensificarse - To intensify
- Leyendas - Legends
- Navegación - Navigation

- Parpadeante - Flickering
- Sensación - Sensation
- Temporalmente - Temporarily
- Vulnerabilidad - Vulnerability

Fenómenos Inexplicables

La brújula de María empieza a girar sin control, confundiendo su sentido de dirección. Las luces del velero parpadean, creando una atmósfera aún más inquietante. María siente una presencia extraña a su alrededor, como si no estuviera sola en el vasto océano.

Escucha voces que no puede identificar, susurros que parecen provenir de la nada. Las olas golpean con fuerza el velero, aumentando su sensación de vulnerabilidad. A través de la densa niebla, ve sombras moviéndose, formas oscuras que se desvanecen tan rápido como aparecen.

María encuentra objetos desconocidos flotando en el mar. Algunos parecen partes de barcos antiguos, otros son más difíciles de identificar. El clima cambia rápidamente de tormenta a calma, dejándola sin tiempo para adaptarse a cada nuevo desafío.

Pierde comunicación por radio con el mundo exterior. La comida y el agua empiezan a escasear, aumentando su preocupación. Cada noche, tiene sueños vívidos y perturbadores que la dejan inquieta y cansada.

La sensación de ser observada la inquieta constantemente. Las estrellas en el cielo parecen cambiar de lugar, desorientándola aún más. María se pregunta si todo lo que está viviendo es una ilusión, un juego de su mente agotada.

—¿Es esto real? —se pregunta en voz alta, tratando de encontrar lógica en lo que está experimentando. A pesar del miedo y la incertidumbre, decide seguir adelante. Su determinación de cruzar el Atlántico y romper el récord sigue siendo más fuerte que el terror que siente.

Cada paso que da es una prueba de su valentía. A pesar de los fenómenos inexplicables que la rodean, María mantiene la esperanza y el coraje. Sabe que rendirse no es una opción, y está dispuesta a enfrentar cualquier cosa que venga, con la esperanza de encontrar una salida de este enigma aterrador del Triángulo de las Bermudas.

- Atmósfera - Atmosphere
- Brújula - Compass
- Calma - Calm
- Desaparecer - To disappear
- Desorientar - To disorient
- Enigma - Enigma
- Escasear - To become scarce
- Fenómenos - Phenomena
- Ilusión - Illusion
- Incertidumbre - Uncertainty
- Inquietar - To unsettle
- Presencia - Presence
- Perturbador - Disturbing
- Sensación - Sensation
- Vulnerabilidad - Vulnerability

Lucha por la Supervivencia

La situación se vuelve cada vez más peligrosa para María. Las tormentas son más intensas y frecuentes, golpeando el velero con furia. Cada día es una lucha por mantenerse a flote. María se aferra a su valentía y determinación, sabiendo que no puede rendirse.

Bajo condiciones extremas, repara el velero lo mejor que puede. Encuentra fuerzas que no sabía que tenía, motivada por su deseo de sobrevivir y lograr su meta. Sin embargo, se enfrenta a la posibilidad de no lograr cruzar el Atlántico.

—No puedo rendirme ahora —se dice a sí misma, tratando de mantener la esperanza y el enfoque. Sus recursos son cada vez más limitados, con la comida y el agua escaseando. María busca formas creativas de sobrevivir, utilizando todo lo que tiene a su disposición.

Un día, encuentra restos de otros naufragios en el mar. Estos restos le recuerdan los peligros que enfrenta, pero también le dan una sensación de compañía, como si otros navegantes estuvieran con ella en espíritu.

Siente que el tiempo se le escapa, que cada minuto es vital. En su mente, escucha las historias de otros navegantes que superaron grandes desafíos. Estas historias la inspiran y le dan la fuerza para seguir adelante.

Cada día es una batalla constante contra la naturaleza y contra su propia fatiga. La falta de comida y agua la debilitan, pero María sigue adelante. A pesar de todo, su determinación no se quiebra.

—Voy a lograrlo —repite una y otra vez, como un mantra. Sabe que su viaje es más que una aventura; es una prueba de su resistencia y voluntad. La lucha por la supervivencia continúa, y María está decidida a enfrentarse a cualquier obstáculo que se interponga en su camino.

- Aferra - Clings
- Condiciones - Conditions
- Desafíos - Challenges
- Determinación - Determination
- Enfocar - To focus
- Enfrentar - To face
- Esperanza - Hope
- Fatiga - Fatigue
- Frecuentes - Frequent
- Lograr - To achieve
- Naufragios - Shipwrecks
- Obstáculo - Obstacle
- Quiebra - Breaks
- Supervivencia - Survival

Desenlace Inesperado

María se da cuenta de que está perdiendo fuerzas. Cada día es más difícil mantenerse en pie, y su cuerpo está agotado. El velero, que ha sido su hogar y su refugio, sufre daños irreparables. Las velas están rasgadas y la estructura debilitada. Siente que su viaje está llegando a un final incierto.

En el horizonte, ve una tormenta aún más grande aproximándose. Sabe que esta podría ser la prueba final. La tormenta golpea con una fuerza devastadora, más poderosa que cualquier otra que haya enfrentado. María lucha desesperadamente por mantener el velero a flote mientras las olas gigantescas la rodean.

El velero se sacude violentamente y María siente que está a punto de ser arrastrada por el mar. Sus pensamientos se vuelven hacia su familia y amigos, a quienes tanto extraña. En medio del caos, acepta la posibilidad de no regresar.

—Espero que sepan cuánto los amo —piensa, aferrándose con todas sus fuerzas a la esperanza. Pero una ola gigantesca voltea el velero, lanzándola al mar. María es arrojada a las aguas frías y tumultuosas.

Con el último aliento de fuerza, se aferra a los restos del velero. Las olas la golpean sin piedad y la corriente la arrastra cada vez más lejos. La oscuridad del océano la envuelve y la sensación de soledad es abrumadora.

Finalmente, la historia termina con María desapareciendo en las profundidades del océano. Su valiente intento de cruzar el Atlántico y romper un récord se convierte en una leyenda, un recordatorio de los peligros y misterios del mar.

- Aflorar - To surface
- Aproximarse - To approach
- Arrojar - To throw
- Desenlace - Outcome
- Desesperadamente - Desperately

- Devastadora - Devastating
- Enfrentar - To face
- Incierto - Uncertain
- Irreparable - Irreparable
- Mantenerse - To stay
- Rasgadas - Torn
- Refugio - Refuge
- Sacudir - To shake
- Sufrir - To suffer
- Tumultuoso - Tumultuous

Aventura en el Hielo

Preparativos para la Expedición

El equipo de expedición se reúne en Madrid. Hay un ambiente de emoción y expectación en la sala de reuniones. Juan, el líder, se pone de pie y presenta el plan y los objetivos de la travesía.

—Nuestra meta es atravesar la Antártida y documentar todo lo que encontremos —dice Juan, mirando a cada miembro del equipo. Los miembros se conocen y establecen roles. Carlos será el encargado del equipo técnico, Laura gestionará los suministros y Pablo será el médico del grupo.

Se revisa el equipo necesario: trineos, ropa térmica, alimentos y otros suministros esenciales. Compran suministros adicionales en una tienda especializada en expediciones. Practican la instalación de tiendas de campaña en condiciones extremas, asegurándose de que todos sepan cómo montar un campamento en medio de una tormenta de nieve.

Reciben entrenamiento sobre primeros auxilios y supervivencia. Aprenden a manejar situaciones de emergencia, como la hipotermia y las caídas en grietas. También revisan mapas y estudian la ruta prevista, discutiendo los posibles obstáculos y puntos de interés.

Preparan la documentación y los permisos necesarios para la expedición. La emoción y los nervios están presentes en todos. El día de la partida, familiares y amigos se despiden en el aeropuerto, llenos de orgullo y preocupación.

El equipo vuela hacia Punta Arenas, Chile, donde pasarán unos días antes de partir hacia la Antártida. Desde allí, toman un barco hacia el continente blanco. La vista del inmenso paisaje helado es impresionante desde el mar. Las montañas de hielo y los glaciares brillan bajo el sol antártico, creando una escena casi irreal.

—Es más hermoso de lo que imaginé —comenta Laura, asombrada.

Llegan a la base y comienzan a organizarse para la travesía. Juan da las últimas instrucciones y se asegura de que todo esté listo.

Cada miembro del equipo siente la mezcla de emoción y responsabilidad que implica esta gran aventura.

—Mañana empieza la verdadera prueba —dice Juan, con una sonrisa decidida.

Con todo en su lugar, el equipo se prepara para enfrentar los desafíos del continente más inhóspito del planeta. La aventura en el hielo está a punto de comenzar.

- Antártida - Antarctica
- Cascada - Waterfall
- Documentar - To document
- Embarcar - To embark
- Esencial - Essential
- Expectación - Expectation
- Grieta - Crevasse
- Hipotermia - Hypothermia
- Inhóspito - Inhospitable
- Impresionante - Impressive
- Montaña - Mountain
- Obstáculo - Obstacle
- Preparativos - Preparations
- Sobrevivir - To survive
- Travesía - Journey

Comienzo del Viaje

El equipo inicia su travesía desde la base con mucha energía. El clima es frío pero despejado, lo que facilita su salida. Utilizan trineos para transportar el equipo y los suministros, avanzando con esfuerzo sobre la nieve y el hielo que dificultan cada paso.

—¡Vamos, equipo! Mantengamos el ritmo —dice Juan, motivando al grupo.

Durante el recorrido, encuentran una colonia de pingüinos emperador. Los pingüinos se mueven con gracia por el hielo, ajenos a la presencia del equipo. Laura y Carlos documentan la fauna con fotos y videos, maravillados por la vida silvestre en este entorno inhóspito.

Montan el campamento por primera vez al final del día. Se turnan para vigilar y mantener el fuego encendido, una tarea crucial en el frío extremo. La primera noche es dura debido al frío intenso, y todos luchan por mantenerse calientes en sus sacos de dormir.

Al día siguiente, continúan avanzando con determinación. Encuentran grietas en el hielo y las evitan cuidadosamente, utilizando varillas y cuerdas para asegurar el paso. La seguridad es una prioridad constante en estas condiciones extremas.

El sol de medianoche crea un ambiente surrealista. El cielo nunca se oscurece por completo, y la luz suave del sol ilumina el paisaje de una manera mágica. Esta extraña belleza les da un impulso de energía.

—Es increíble, parece un sueño —comenta Pablo, mirando el horizonte.

La comunicación con la base se mantiene estable, lo que les da tranquilidad. Cada noche, informan sobre su progreso y reciben noticias del mundo exterior. Esto les ayuda a sentirse conectados y apoyados.

El equipo se adapta lentamente a las condiciones. Cada día es una oportunidad para aprender y mejorar sus habilidades de supervivencia. A pesar de los desafíos, la moral es alta y todos están comprometidos con la misión.

—Estamos haciendo un gran trabajo —dice Juan, con una sonrisa de aprobación.

La travesía ha comenzado, y aunque saben que enfrentarán muchos más obstáculos, el equipo está listo para enfrentarlos juntos.

- Ajeno - Unaware, foreign
- Base - Base (as in a starting point)

- Colonia - Colony
- Constante - Constant
- Cuerda - Rope
- Despejado - Clear (as in weather)
- Encender - To light, to turn on
- Entorno - Environment, surroundings
- Esfuerzo - Effort
- Fauna - Wildlife
- Grieta - Crevasse
- Habilidad - Skill
- Iniciar - To start
- Seguridad - Safety
- Silvestre - Wild (as in nature)

Primeros Desafíos

Una tormenta de nieve se avecina en el horizonte, oscureciendo el cielo con nubes grises y amenazantes. El equipo decide montar el campamento antes de lo previsto, previendo el peligro que se aproxima.

—Es mejor asegurarnos ahora que lamentarlo después —dice Juan, con tono firme.

La tormenta golpea con fuerza, reduciendo la visibilidad a cero. El viento aúlla alrededor de las tiendas y la nieve cae con una intensidad que nunca habían experimentado. Se aseguran de que las tiendas estén bien ancladas, usando cuerdas y pesas adicionales.

La tormenta dura más de 24 horas, manteniéndolos atrapados en sus tiendas. Dentro, mantienen el calor con estufas portátiles, una tarea crucial para su supervivencia. La comida se comparte y se raciona cuidadosamente, ya que no saben cuánto durará la tormenta.

El viento fuerte hace difícil salir de las tiendas incluso para las tareas más simples. Aprovechan el tiempo para revisar mapas y planificar la ruta, asegurándose de estar preparados para cuando la tormenta pase.

—Tenemos que ajustar nuestra ruta aquí —dice Laura, señalando un mapa con el dedo.

Cuando la tormenta finalmente pasa, descubren que han perdido algunos suministros. El viento y la nieve arrastraron parte de su equipo, lo que representa un serio problema. Aun así, deciden seguir adelante.

En su camino, encuentran hielo delgado, lo que representa un peligro adicional. Cruzar el hielo delgado requiere mucha precaución, utilizando cuerdas y varillas para asegurar cada paso.

—¡Cuidado! —grita Pablo cuando uno de sus compañeros, Carlos, sufre una caída y se lesiona. Aplican primeros auxilios rápidamente y deciden continuar con más cuidado.

La moral baja debido a los contratiempos y la lesión de Carlos, pero el equipo sigue unido. Juan da palabras de aliento, recordándoles la importancia de mantenerse fuertes y juntos.

—Vamos a superar esto, como siempre lo hemos hecho —dice Juan con convicción.

El equipo sigue adelante, consciente de los desafíos pero determinado a alcanzar su objetivo. La tormenta ha sido solo el primero de muchos obstáculos, pero están listos para enfrentarlos juntos.

- Ajustar - To adjust
- Anclar - To anchor
- Aproximar - To approach
- Arrastrar - To drag
- Asegurar - To ensure, to secure
- Aúllar - To howl
- Convicción - Conviction
- Desafío - Challenge
- Golpear - To hit
- Horizonte - Horizon
- Lamentar - To regret
- Lesionar - To injure

- Precaución - Caution
- Prever - To foresee
- Racionar - To ration

Exploración de Cuevas de Hielo

Durante su travesía, el equipo descubre una serie de cuevas de hielo en su ruta. Las entradas de las cuevas brillan con una luz azulada que refleja el sol. Deciden explorar las cuevas y documentar su interior, emocionados por la posibilidad de encontrar algo único.

—Estas cuevas podrían tener información valiosa —dice Laura, mientras ajusta su equipo.

Las formaciones de hielo dentro de las cuevas son impresionantes y únicas. Utilizan linternas potentes para iluminar las cuevas, revelando estructuras de hielo que parecen esculturas naturales. El eco dentro de las cuevas crea un ambiente misterioso, con sus voces resonando en las paredes heladas.

—Es como estar en otro mundo —comenta Carlos, asombrado por la belleza del lugar.

Explorando más a fondo, encuentran evidencia de vida microbiana en el hielo. Recogen muestras para análisis científico, conscientes de la importancia de su hallazgo. Un pasaje en la cueva lleva a una caverna aún más grande, llena de estalactitas y estalagmitas de hielo.

La temperatura dentro de la cueva es notablemente más cálida que en el exterior, lo que les proporciona un alivio temporal del frío extremo. Marcan el camino para evitar perderse en el laberinto de hielo.

De repente, un pequeño deslizamiento de hielo los asusta momentáneamente. El ruido es fuerte y todos se detienen en seco, con el corazón acelerado. Afortunadamente, no hay daños y el equipo puede continuar.

—Cuidado con los movimientos bruscos —advierte Juan, recordándoles la fragilidad del entorno.

Después de salir de las cuevas, continúan su travesía. Encuentran un área con hielo extremadamente transparente, que permite ver profundamente hacia abajo. La vista es asombrosa, como mirar a través de un cristal gigante.

Montan el campamento cerca para estudiar el área y descansar. La experiencia en las cuevas ha sido emocionante y educativa, proporcionando información valiosa para su misión. Mientras se preparan para la noche, comparten impresiones y planifican los próximos pasos de su viaje.

—Hoy hemos visto cosas increíbles, pero debemos seguir adelante —dice Juan, animando al equipo.

El grupo se siente más unido y motivado, listo para enfrentar los desafíos que aún les esperan en la vasta y misteriosa Antártida.

- Acelerar - To accelerate
- Alivio - Relief
- Brillante - Shiny, bright
- Brujo - Sudden, abrupt
- Cavernas - Caverns
- Deslizarse - To slide
- Eco - Echo
- Fragilidad - Fragility
- Impresionante - Impressive
- Linterna - Flashlight
- Muestra - Sample
- Resonar - To resonate
- Ruta - Route
- Travesía - Journey
- Único - Unique

Encuentro con la Vida Silvestre

Mientras avanzan por la inmensidad blanca de la Antártida, el equipo observa una manada de focas leopardo en la distancia. Las focas descansan sobre el hielo, aparentemente ajenas a la presencia del equipo. Carlos, con su cámara, documenta el comportamiento de las focas.

—Mira cómo se mueven con tanta agilidad —comenta Laura, fascinada.

Las focas, curiosas, se acercan al campamento. Mantienen una distancia segura para no molestarlas, pero la proximidad de estos animales les brinda una experiencia única. Un día, ven una orca cazando cerca de la costa, moviéndose con precisión y velocidad.

—¡Increíble! —exclama Pablo, asombrado por la habilidad de caza de la orca.

Durante su recorrido, encuentran un grupo de aves antárticas anidando. Estudian las aves y sus patrones de migración, recogiendo datos importantes. También se interesan en la escasa flora del continente y encuentran una planta resistente en el hielo, algo que se convierte en un punto de interés científico.

—Esta planta ha encontrado la manera de sobrevivir en condiciones extremas —explica Juan, mirando la planta con admiración.

Observan cómo las focas se sumergen y vuelven con peces, demostrando su destreza en la caza. Un miembro del equipo, experto en biología marina, comparte sus conocimientos.

—La vida silvestre es crucial para el ecosistema antártico —dice, mientras señala diferentes especies y explica su rol en el entorno.

La vida silvestre se convierte en una fuente de inspiración para todos. La resiliencia y adaptabilidad de los animales y plantas que encuentran les da fuerza y motivación para seguir adelante en su travesía. Cada día aprenden algo nuevo y su conexión con la naturaleza se profundiza.

—Esta experiencia nos muestra lo maravillosa y frágil que es la vida en la Antártida —reflexiona Laura, mientras el equipo se prepara para continuar su viaje.

El encuentro con la vida silvestre no solo enriquece su conocimiento, sino que también fortalece su espíritu, recordándoles la importancia de su misión y el valor de cada ser vivo en este vasto y helado continente.

- Ajetreo - Hustle, bustle
- Ala - Wing
- Aproximación - Approach
- Destreza - Skill, dexterity
- Documentar - To document
- Escaso - Scarce
- Flora - Flora
- Fragilidad - Fragility
- Inmensidad - Vastness, immensity
- Manada - Herd, pack
- Migración - Migration
- Proximidad - Proximity
- Resiliencia - Resilience
- Sobrevivir - To survive
- Sumergir - To submerge

Peligros Inesperados

Durante su travesía, el equipo encuentra una grieta profunda en el hielo. Es un obstáculo serio y peligroso. Deciden rodear la grieta para evitar riesgos, avanzando con cuidado y tomando precauciones adicionales.

De repente, la temperatura desciende drásticamente. El frío extremo hace que cada movimiento sea doloroso, y el equipo lucha para mantenerse caliente. Una tormenta de viento los sorprende durante la noche, golpeando las tiendas de campaña con fuerza.

—¡Todos a asegurar el campamento! —grita Juan, mientras el viento aúlla alrededor de ellos.

Trabajan juntos para asegurar las tiendas, usando cuerdas y pesas adicionales. El viento es tan fuerte que perder la concentración por un momento podría ser fatal. En medio del caos, pierden comunicación con la base temporalmente, aumentando la sensación de aislamiento.

Uno de los miembros del equipo, Carlos, sufre una congelación leve en los dedos. Aplican tratamiento de emergencia, envolviéndolos en material aislante y calentando lentamente sus manos.

—Tenemos que ser más cuidadosos —dice Laura, con preocupación en su voz.

A la mañana siguiente, continúan su travesía con más precaución. Encuentran terrenos difíciles con mucho hielo quebradizo, lo que hace el avance aún más peligroso. Cruzan una zona de glaciares en movimiento, con grietas que se abren y cierran lentamente.

En un momento de descuido, un trineo se vuelca y pierden algunos suministros importantes. La moral es baja, ya que cada pérdida se siente profundamente en estas condiciones extremas.

—No podemos rendirnos ahora —dice Juan, tratando de animar al equipo—. Hemos llegado demasiado lejos para detenernos.

A pesar de los peligros y la adversidad, el equipo sigue adelante con determinación. Saben que la única manera de superar estos desafíos es mantenerse unidos y apoyarse mutuamente. La travesía es cada vez más dura, pero su espíritu de equipo y su objetivo los impulsan a seguir avanzando.

- Adversidad - Adversity
- Aislamiento - Isolation
- Caos - Chaos
- Congelación - Frostbite
- Descuido - Carelessness

- Descender - To descend, to decrease
- Envolver - To wrap
- Fatal - Deadly, fatal
- Grieta - Crevasse, crack
- Imprevisto - Unexpected
- Moraleja - Morale
- Obstáculo - Obstacle
- Precaución - Caution
- Quebradizo - Brittle
- Rendirse - To give up

Superando la Adversidad

La comunicación con la base se restablece, lo que trae un alivio inmediato al equipo. Reciben palabras de aliento y apoyo que renuevan su ánimo.

—¡Estamos orgullosos de ustedes! Sigan adelante —dice una voz familiar por la radio.

Deciden tomar un día de descanso para recuperarse. Reorganizan los suministros y reparan el equipo dañado. Juan motiva al grupo con una charla inspiradora, recordándoles por qué están allí y la importancia de su misión.

—Cada uno de nosotros tiene un papel vital en esta expedición. Juntos, podemos lograrlo —dice Juan con firmeza.

Todos comparten historias personales para levantar el ánimo. Hablan de sus familias, sueños y experiencias pasadas, lo que fortalece aún más los lazos entre ellos.

Reanudan su travesía con energía renovada. Al poco tiempo, encuentran una antigua estación de investigación abandonada. La estación, aunque en ruinas, tiene un encanto especial y deciden explorarla.

—Parece que aquí vivió gente dedicada a la ciencia y la exploración, como nosotros —comenta Laura, con nostalgia.

Exploran la estación y encuentran equipo útil que podría ayudarles en su travesía. Documentan la historia de la estación para sus registros, con fotos y notas detalladas. La estación ofrece un refugio temporal del clima extremo, permitiéndoles descansar y planificar la siguiente etapa con más tranquilidad.

Encuentran un río de hielo que deben cruzar. Utilizan técnicas de escalada para asegurar el cruce, clavando piquetas y tendiendo cuerdas con cuidado. La cooperación del equipo es clave para superar este obstáculo.

—Paso a paso, con cuidado —indica Juan, liderando el cruce.

La travesía es difícil, pero el equipo trabaja en armonía, apoyándose mutuamente en cada momento. La superación de cada obstáculo refuerza su determinación y confianza.

Con la estación abandonada como un recordatorio de los desafíos que otros exploradores han enfrentado antes que ellos, el equipo sigue adelante, sabiendo que están haciendo historia en la Antártida.

- Aliento - Encouragement
- Ansiar - To long for, to yearn
- Clavar - To hammer, to nail
- Charla - Talk, chat
- Descanso - Rest
- Encanto - Charm
- Escalada - Climbing
- Esforzarse - To strive, to make an effort
- Herramienta - Tool
- Piqueta - Ice axe
- Reanudar - To resume
- Reparar - To repair
- Ruinas - Ruins
- Travesía - Journey, crossing

El Gran Desafío Final

El equipo se enfrenta a la etapa más difícil de su travesía. La ruta es empinada y el terreno es traicionero, con hielo resbaladizo y grietas ocultas. Cada paso debe ser calculado con precisión para evitar accidentes.

El equipo avanza lentamente, paso a paso. La paciencia y la concentración son esenciales. A mitad del camino, encuentran una pared de hielo que deben escalar. Utilizan cuerdas y piolets para la escalada, asegurándose de que cada miembro esté seguro.

—Vamos, podemos hacerlo —anima Juan, mientras lidera el ascenso.

La escalada es agotadora y requiere gran esfuerzo. Los músculos de todos arden con el esfuerzo y el frío es implacable, pero la determinación de llegar a la cima les da fuerza. Finalmente, llegan a la cima y disfrutan de la vista impresionante.

—¡Lo logramos! —exclama Laura, con una sonrisa radiante.

La emoción del logro impulsa al equipo a seguir. El clima mejora y les da una ventaja, permitiéndoles avanzar con más facilidad. Continúan avanzando hacia su destino final, cada vez más cerca de completar su misión.

En su camino, encuentran señales de otra expedición anterior. Esto les da esperanza y motivación extra, recordándoles que otros han pasado por estos desafíos antes.

—Si ellos pudieron, nosotros también —dice Pablo, sintiéndose revitalizado.

El cansancio es evidente en todos, pero la meta está cerca. Cada paso los acerca más a su destino, y la anticipación crece con cada metro recorrido.

Finalmente, llegan a su destino y celebran con abrazos y risas. La alegría y el alivio se mezclan en el aire helado, creando un momento inolvidable. Aunque agotados, el sentido de logro es inmenso y memorable.

—Hemos hecho historia —dice Juan, mirando a su equipo con orgullo.

El viaje ha estado lleno de desafíos, pero también de descubrimientos y momentos de compañerismo. La expedición a la Antártida no solo ha sido una prueba de resistencia, sino también una experiencia que les ha cambiado la vida.

- Agotador - Exhausting
- Anticipación - Anticipation
- Ascenso - Ascent
- Cima - Summit, peak
- Concentración - Concentration
- Empinado - Steep
- Implacable - Relentless
- Logro - Achievement
- Oculto - Hidden
- Pared - Wall
- Precisamente - Precisely
- Piolets - Ice axes
- Resbaladizo - Slippery
- Revitalizado - Revitalized
- Traicionero - Treacherous

A Través de Tierras Salvajes

La Partida de Esparta

Diógenes y Nikos se despiden de sus familias en Esparta. Sus madres los abrazan con fuerza, mientras sus padres les desean buen viaje y valentía. Con el corazón lleno de emoción y un poco de temor, preparan sus armas y provisiones para el largo viaje que tienen por delante.

—Volveremos con historias y riquezas —promete Diógenes, sonriendo a su hermano menor.

Sus amigos los animan y les desean buena suerte. La camaradería y el espíritu de aventura los impulsan mientras comienzan su travesía hacia el oeste. Caminan a través de los campos y colinas de Grecia, disfrutando de la belleza del paisaje y la libertad del camino.

Después de un día de caminata, encuentran un pequeño pueblo donde descansan y recogen información. Un anciano les cuenta historias sobre las tierras salvajes del oeste, hablándoles de bestias feroces y tribus desconocidas.

—Tened cuidado, muchachos. No todos regresan de esas tierras —les advierte el anciano, con una mirada seria.

Deciden seguir adelante a pesar de las advertencias, impulsados por su deseo de aventura y descubrimiento. Encuentran un río en su camino y, con habilidad y trabajo en equipo, construyen una balsa para cruzarlo.

Enfrentan su primer obstáculo al entrar en un bosque denso y oscuro. Los árboles altos bloquean la luz del sol, creando sombras inquietantes a su alrededor. Escuchan ruidos extraños en la noche que los ponen nerviosos. Diógenes sugiere que se turnen para hacer guardia.

—Yo haré la primera guardia —dice Nikos, tratando de mostrar valentía.

Durante la guardia de Nikos, ven ojos brillando en la oscuridad, observándolos silenciosamente. Al amanecer, descubren huellas de un gran animal cerca de su campamento.

—Debemos movernos rápido antes de que el peligro nos alcance —dice Diógenes, empacando sus cosas con rapidez.

Deciden no arriesgarse y continúan su viaje a paso rápido. La travesía apenas ha comenzado, y ya sienten el peso de los desafíos que les esperan en las tierras salvajes del oeste.

- Advertencia - Warning
- Anciano - Elderly man
- Aventura - Adventure
- Balsa - Raft
- Camaradería - Comradeship
- Desconocido - Unknown
- Enfrentar - To face
- Feroces - Fierce
- Guardia - Guard
- Habilidad - Skill
- Huella - Footprint
- Inquietante - Disturbing
- Oscuridad - Darkness
- Provisiones - Provisions
- Travesía - Journey

El Encuentro con los Leones

Siguen avanzando y llegan a una vasta llanura. El sol brilla intensamente sobre el horizonte, y el viento sopla suavemente, haciendo ondear las hierbas altas. Mientras caminan, ven una manada de ciervos pastando tranquilamente a lo lejos.

—Mira, Nikos. Es nuestra oportunidad de conseguir comida —dice Diógenes, señalando a los ciervos.

Deciden cazarlos para comer y, con sigilo, se acercan a la manada. Diógenes prepara su lanza mientras Nikos toma su arco. Sin embargo, mientras cazan, escuchan rugidos en la distancia, un sonido que les hiela la sangre.

Se encuentran cara a cara con una manada de leones. Los grandes felinos los rodean lentamente, sus ojos brillan con hambre y curiosidad. Diógenes y Nikos sienten cómo sus corazones laten con fuerza.

—Mantén la calma —dice Diógenes en un susurro, levantando su lanza para defenderse.

Nikos dispara flechas con su arco, tratando de mantener a los leones a raya. Pero uno de los leones ataca y hiere a Nikos en el brazo, haciéndolo gritar de dolor. A pesar del miedo, Diógenes logra matar a uno de los leones con un golpe preciso de su lanza.

Los demás leones se retiran, pero siguen vigilando a distancia. Diógenes ayuda a Nikos a tratar su herida con vendas improvisadas, utilizando su capa y algunas hierbas que encontraron en el camino.

—Debemos buscar un lugar seguro para descansar —sugiere Diógenes, preocupado por la herida de su amigo.

Encuentran una cueva y la inspeccionan para asegurarse de que esté vacía. Con el espacio seguro, descansan en la cueva, pero se mantienen alerta ante cualquier ruido extraño. La tensión es palpable en el aire mientras reflexionan sobre los peligros que han enfrentado y los que aún pueden venir.

—Esto es solo el principio —dice Nikos, mirando la oscuridad de la cueva—. Debemos estar preparados para todo.

Diógenes asiente, sabiendo que su aventura está llena de incertidumbres. Sin embargo, también sabe que su amistad y su valor los ayudarán a superar cualquier obstáculo que encuentren en su camino hacia lo desconocido.

- Arco - Bow (as in archery)

- Asentir - To nod, to agree
- Ciervo - Deer
- Cueva - Cave
- Defenderse - To defend oneself
- Enfermedad - Disease
- Herida - Wound
- Hierba - Herb, grass
- Horizonte - Horizon
- Lanza - Spear
- Manada - Herd, pack
- Palpable - Tangible, noticeable
- Raya - Line, range (to keep at bay)
- Rugido - Roar
- Sigilo - Stealth

A Través del Bosque Encantado

Después de recuperarse en la cueva, Diógenes y Nikos continúan su viaje. Se adentran en un bosque denso y misterioso, donde los árboles altos y las sombras crean un ambiente inquietante. Cada paso que dan, parece que el bosque los envuelve más.

Encuentran señales de antiguos habitantes, como pinturas rupestres en las rocas y símbolos grabados en los árboles. Las imágenes muestran escenas de caza y rituales que les resultan extraños y fascinantes.

—Mira esto, Diógenes. ¿Quiénes habrán vivido aquí? —se pregunta Nikos, tocando las pinturas con curiosidad.

Mientras avanzan, escuchan susurros y risas extrañas que parecen venir de todas partes. Diógenes siente que los están observando, y esa sensación de ser vigilados no lo abandona.

—Algo no está bien aquí —dice Diógenes, mirando a su alrededor con desconfianza.

Descubren un claro con un extraño altar de piedra en el centro. El altar está cubierto de musgo y parece haber sido usado en algún tipo de ritual. Nikos se siente inquieto y sugiere que se vayan rápido.

—No me gusta este lugar. Vámonos antes de que ocurra algo —dice Nikos, con urgencia en su voz.

De repente, son atacados por criaturas salvajes del bosque. Animales desconocidos y feroces se lanzan sobre ellos. Diógenes y Nikos usan su entrenamiento espartano para defenderse, luchando con todas sus fuerzas.

Logran escapar, pero están cansados y heridos. Encuentran un arroyo y beben agua para recuperarse, tratando de calmar sus nervios y recuperar su energía.

Mientras descansan, Diógenes ve una figura misteriosa entre los árboles. La figura parece observarlos, pero desaparece antes de que pueda decirle a Nikos.

—Creo que alguien nos sigue —murmura Diógenes, aún mirando el lugar donde vio la figura.

Deciden salir del bosque y llegan a una región montañosa. Aunque las montañas presentan sus propios desafíos, Diógenes y Nikos se sienten aliviados de dejar el bosque encantado atrás.

—Seguimos adelante, hermano —dice Nikos, con una sonrisa determinada.

Saben que su viaje está lleno de peligros, pero están decididos a continuar. La región montañosa es su próximo desafío, y enfrentan el camino con valentía y la esperanza de descubrir lo que les depara el destino.

- Adentrarse - To go deep into
- Altar - Altar
- Claro - Clearing (in a forest)
- Desconfianza - Distrust
- Envolver - To envelop, to wrap

- Feroces - Fierce
- Grabado - Engraved
- Inquietante - Unsettling
- Musgo - Moss
- Pinturas rupestres - Cave paintings
- Recuperarse - To recover
- Región - Region
- Ritual - Ritual
- Sombras - Shadows
- Susurro - Whisper

La Tribu de los Caníbales

Diógenes y Nikos llegan a un valle habitado por una tribu hostil. Desde una colina, observan el campamento de la tribu para evaluar el peligro. Ven a los guerreros y sus armas, y se dan cuenta de que deben ser muy cuidadosos.

—Es mejor rodear el valle para evitar un enfrentamiento —sugiere Diógenes con seriedad.

Deciden rodear el valle, pero su plan falla. Son capturados por los guerreros de la tribu, quienes los emboscan en silencio. Los llevan al campamento principal, donde los atan y los colocan en una jaula de madera.

Nikos y Diógenes observan los rituales extraños de la tribu con horror. Ven señales de canibalismo y se aterrorizan, comprendiendo que están en grave peligro.

—Tenemos que escapar esta noche —murmura Nikos, con una expresión de desesperación.

Planean su escape durante la noche. Utilizan un trozo de metal afilado que encontraron en el suelo para liberarse de las ataduras. Logran soltarse y se escapan en silencio, evitando a los guardias que vigilan el campamento.

Corren a través del valle, perseguidos por los guerreros de la tribu. El miedo les da fuerzas para seguir adelante, pero saben que no pueden detenerse ni un momento. Encuentran una cueva y se esconden allí hasta el amanecer, manteniéndose en silencio absoluto.

—Estamos vivos, por ahora —susurra Diógenes, tratando de calmar a Nikos y a sí mismo.

Al salir de la cueva al amanecer, continúan su viaje, más decididos que nunca a llegar a tierras seguras. La experiencia con la tribu los ha marcado profundamente, pero también ha reforzado su determinación y su amistad.

—No importa lo que encontremos en nuestro camino, seguimos adelante —dice Nikos, con una mirada de resolución.

El peligro está siempre presente, pero Diógenes y Nikos están dispuestos a enfrentar cualquier desafío para sobrevivir y cumplir su misión. La travesía continúa, y saben que cada paso los acerca a su destino final.

- Amanecer - Dawn
- Ataduras - Bindings, ties
- Aterrorizado - Terrified
- Canibalismo - Cannibalism
- Capturar - To capture
- Desesperación - Desperation
- Emboscar - To ambush
- Enfrentamiento - Confrontation
- Evaluar - To evaluate
- Guerreros - Warriors
- Hostil - Hostile
- Jaula - Cage
- Marcado - Marked, scarred
- Rodear - To surround, to go around
- Vigilar - To guard, to watch over

En el Corazón de las Montañas

Las montañas son altas y peligrosas, sus cumbres se pierden entre las nubes. El clima es frío y ventoso, y Diógenes y Nikos se abrigan bien para enfrentarlo. Encuentran un sendero estrecho que sube por la montaña, apenas visible entre las rocas y la nieve.

Avanzan con cuidado, usando cuerdas para seguridad. Cada paso es un desafío, y en un momento, Diógenes resbala, pero Nikos lo ayuda a subir, tirando con todas sus fuerzas.

—Gracias, amigo —dice Diógenes, recuperando el aliento.

Encuentran refugio en una pequeña cueva. Deciden descansar y recobrar fuerzas, compartiendo lo poco que les queda de comida. Escuchan el aullido de lobos en la distancia, lo que les recuerda que no están solos en este lugar inhóspito.

—Debemos mantener el fuego encendido toda la noche —sugiere Nikos, mientras prende un fuego para mantenerse calientes.

Al día siguiente, continúan subiendo. Cada paso los acerca a la cima, y finalmente, la alcanzan. Desde allí, disfrutan de una vista impresionante, el horizonte se extiende más allá de lo que pueden ver.

—Vale la pena el esfuerzo —dice Diógenes, admirando el paisaje.

Comienzan a descender por el otro lado de la montaña, pero encuentran una zona rocosa difícil de atravesar. Usan su fuerza y agilidad para superar los obstáculos, moviéndose con cuidado para no caer.

—Cuidado con las rocas sueltas —advierte Nikos, mientras avanza lentamente.

Finalmente, llegan a un valle al pie de la montaña. El lugar es tranquilo y ofrece un descanso bienvenido después de la ardua travesía.

—Hemos superado otra prueba —dice Diógenes, sintiéndose más fuerte y decidido.

El viaje a través del corazón de las montañas ha sido una experiencia dura pero enriquecedora. Aunque saben que aún quedan muchos desafíos por delante, están listos para enfrentarlos con el mismo coraje y determinación que los ha llevado hasta aquí.

- Abrigar - To bundle up, to wrap up
- Apenas - Barely
- Aullar - To howl
- Cima - Summit
- Descender - To descend
- Enriquecedor - Enriching
- Esfuerzo - Effort
- Inhóspito - Inhospitable
- Paisaje - Landscape
- Prender - To light (a fire)
- Recobrar - To recover
- Refugio - Shelter
- Resbalar - To slip
- Sendero - Path
- Travesía - Journey

El Valle de las Trampas

El valle parece pacífico al principio. Diógenes y Nikos se maravillan al ver muchas plantas y animales, algo que no han visto en días. Deciden acampar junto a un río, donde el agua fresca les da un respiro del arduo viaje.

Mientras exploran, descubren trampas escondidas en el suelo. Nikos casi cae en una, pero Diógenes lo salva a tiempo.

—¡Cuidado! Este lugar está lleno de trampas —advierte Diógenes, con el corazón todavía acelerado.

Se dan cuenta de que no están solos. Ven sombras moviéndose entre los árboles, y la tranquilidad del valle se transforma en una atmósfera de tensión.

—Debemos mantener la guardia alta durante la noche —dice Nikos, con una expresión de preocupación.

Escuchan ruidos extraños y se preparan para defenderse. Cada crujido y susurro en la oscuridad pone sus nervios al límite. Al amanecer, encuentran huellas humanas cerca del campamento.

—Alguien estuvo aquí anoche —comenta Diógenes, examinando las huellas.

Siguen las huellas y descubren un campamento abandonado. Encuentran armas y provisiones útiles, lo que les da un momento de alivio.

—Tenemos que movernos rápido antes de que regresen —dice Nikos, recogiendo lo que pueden llevar.

Deciden salir del valle y continuar su viaje. A medida que avanzan, el peligro que acaban de dejar atrás les recuerda que deben estar siempre alertas.

—No podemos bajar la guardia en ningún momento —reflexiona Diógenes, mirando a su amigo.

El valle de las trampas ha sido una lección dura pero necesaria. Aunque han encontrado ayuda inesperada en el campamento abandonado, saben que su camino está lleno de peligros y deben estar preparados para enfrentarlos en todo momento.

- Abandonado - Abandoned
- Acelerar - To accelerate
- Advertir - To warn
- Alivio - Relief
- Arduo - Arduous
- Atmósfera - Atmosphere
- Crujido - Creaking, rustling
- Defenderse - To defend oneself
- Examinar - To examine
- Huellas - Tracks, footprints
- Mantener - To maintain

- Provisiones - Provisions
- Respiro - Breath, respite
- Sombra - Shadow
- Trampa - Trap

La Llanura Desolada

Diógenes y Nikos llegan a una vasta llanura sin árboles ni refugio. El paisaje es monótono y desolado, y el sol es intenso sobre sus cabezas, mientras la tierra seca cruje bajo sus pies.

Caminan durante horas sin encontrar agua; el calor es insoportable y sus gargantas están secas. Se sienten agotados y deshidratados, cada paso se vuelve más difícil que el anterior.

De repente, ven un grupo de jinetes en la distancia. Los jinetes se acercan rápidamente y Diógenes y Nikos se preparan para defenderse, temiendo un posible ataque.

—¡Prepárate, Nikos! —dice Diógenes, levantando su lanza.

Pero para su alivio, los jinetes resultan ser mercaderes amistosos. Los mercaderes, viendo su estado, les ofrecen agua y comida sin dudarlo.

—Gracias, nos habéis salvado —dice Nikos, bebiendo el agua con gratitud.

Diógenes y Nikos les cuentan sobre su viaje, las aventuras y los peligros que han enfrentado. Los mercaderes escuchan con interés y les advierten sobre los peligros más adelante en su camino.

—Las tierras hacia el oeste son aún más inhóspitas. Tened cuidado con las tribus y los animales salvajes —les aconseja uno de los mercaderes.

Aceptan descansar un día con los mercaderes. Intercambian historias y conocimientos, y la compañía les brinda un respiro y un sentido de camaradería que no habían sentido en mucho tiempo.

—Este descanso es justo lo que necesitábamos —comenta Diógenes, sintiéndose más optimista.

Antes de partir, los mercaderes les dan direcciones hacia una ciudad cercana. Les explican cómo llegar y qué rutas evitar.

—Seguid este camino y encontraréis la ciudad. Buena suerte en vuestro viaje —les dice el líder de los mercaderes.

Agradecidos, Diógenes y Nikos continúan su viaje con renovada esperanza. La ayuda inesperada de los mercaderes les ha dado fuerzas para seguir adelante y la promesa de una ciudad cercana les llena de optimismo.

—Hemos superado mucho, y seguiremos adelante —afirma Nikos, con determinación en su voz.

La llanura desolada ha sido un desafío duro, pero también una oportunidad para encontrar apoyo y reabastecerse. Con nuevas energías, los amigos se encaminan hacia su próximo destino, listos para enfrentar lo que venga.

- Agotado - Exhausted
- Amistoso - Friendly
- Camaradería - Comradeship
- Deshidratado - Dehydrated
- Desolado - Desolate
- Inhóspito - Inhospitable
- Insufrible - Unbearable
- Jinete - Rider
- Llanura - Plain
- Mercader - Merchant
- Monótono - Monotonous
- Optimismo - Optimism
- Refugio - Shelter
- Reabastecerse - To restock
- Seco - Dry

El Final Trágico

Diógenes y Nikos siguen las direcciones hacia la ciudad que les dieron los mercaderes. Sin embargo, el camino se vuelve más difícil y peligroso a medida que avanzan. El terreno se vuelve rocoso y empinado, y cada paso requiere un esfuerzo considerable.

Encuentran un desfiladero estrecho y peligroso, con paredes de roca que se alzan a ambos lados. Deciden cruzarlo a pesar del riesgo, conscientes de que es la única manera de llegar a la ciudad. Mientras avanzan con cautela, un deslizamiento de rocas los sorprende.

—¡Cuidado! —grita Diógenes, pero es demasiado tarde. Nikos queda atrapado bajo una roca grande.

Diógenes trata de liberarlo desesperadamente, usando todas sus fuerzas para mover la roca. Finalmente lo libera, pero Nikos está gravemente herido, su pierna está muy dañada.

—No te preocupes, Nikos. Te llevaré a salvo —promete Diógenes, aunque sabe que la situación es crítica.

Continúan avanzando, pero Nikos apenas puede caminar. Cada paso es un suplicio, y el progreso es dolorosamente lento. Llegan a un bosque oscuro y denso, donde la luz del sol apenas penetra entre los árboles.

De repente, una manada de lobos hambrientos los persigue, sus ojos brillan en la penumbra. Diógenes lucha contra los lobos para proteger a Nikos, blandiendo su lanza con furia.

—¡No te dejaré! —grita Diógenes, mientras golpea a los lobos.

Logran ahuyentar a los lobos, pero ambos están heridos. Exhaustos y debilitados, se detienen para descansar. La noche cae y el frío se hace más intenso, robándoles las fuerzas que les quedan.

Al amanecer, sus cuerpos inmóviles son encontrados por un grupo de cazadores. Los cazadores, conmovidos por la escena, se acercan y descubren que Diógenes y Nikos ya no respiran.

—Que su valentía no sea olvidada —dice uno de los cazadores, con respeto en su voz.

La travesía de Diógenes y Nikos ha llegado a su fin, pero su historia de amistad, coraje y sacrificio vivirá en la memoria de aquellos que encuentren su rastro en las tierras salvajes de Europa.

- Ahuyentar - To scare away
- Blandir - To brandish
- Cazador - Hunter
- Conmover - To move (emotionally)
- Cautela - Caution
- Desesperadamente - Desperately
- Desfiladero - Gorge, ravine
- Empinado - Steep
- Esfuerzo - Effort
- Inmóvil - Motionless
- Penumbra - Twilight, dim light
- Suplicio - Ordeal, torture
- Terreno - Terrain
- Travesía - Journey
- Valentía - Bravery

La Gran Carrera: De París a Pekín

Preparativos en París

El equipo español llega a París para participar en la gran carrera de París a Pekín. La ciudad está llena de entusiasmo y expectación. Miguel, el líder del equipo, inspecciona el automóvil con cuidado.

—Todo tiene que estar perfecto—dice Miguel, revisando cada detalle del coche.

Consiguen las provisiones necesarias para el viaje, asegurándose de tener suficiente comida, agua y repuestos. Realizan pruebas de manejo en las calles de París, ajustando el motor para asegurar su rendimiento óptimo.

—¿Cómo se siente el coche?—pregunta Antonio, el mecánico, mientras Miguel acelera por una calle vacía.

—Parece que está listo para la aventura—responde Miguel con una sonrisa.

Conocen a otros equipos y comparten estrategias. La camaradería entre los competidores es evidente, aunque todos saben que la competencia será feroz. Se aseguran de tener mapas detallados de la ruta, estudiando cada tramo con atención.

Asisten a una reunión informativa sobre las reglas de la carrera. La sala está llena de pilotos y mecánicos, todos atentos a las instrucciones.

—Recuerden, la seguridad es lo primero—dice el organizador. —Y buena suerte a todos.

La emoción y los nervios son palpables en el equipo español. Realizan las últimas revisiones mecánicas al coche, verificando que todo esté en su lugar. Su equipo incluye a Antonio, el mecánico, Juan, el conductor, y Luis, el navegante.

La noche antes de la carrera, apenas pueden dormir. La tensión y la anticipación llenan el aire.

—Mañana comienza nuestra gran aventura—dice Luis, mirando el techo de la habitación.

El día de la salida, la multitud se reúne para animar a los competidores. Los coches se alinean en la línea de salida, sus motores rugiendo en espera. La energía en el aire es eléctrica.

—Estamos listos—dice Juan, ajustando sus guantes.

Con un disparo de cañón, la carrera comienza. Los coches se lanzan hacia adelante, acelerando por las calles de París, mientras la multitud aplaude y vitorea.

—¡Vamos, equipo!—grita Miguel desde el coche, lleno de emoción.

La gran carrera ha comenzado, y el equipo español está listo para enfrentar todos los desafíos que se les presenten en su camino hacia Pekín.

- Acelerar - To accelerate
- Ajustar - To adjust
- Anticipación - Anticipation
- Camaradería - Comradeship
- Competencia - Competition
- Desafío - Challenge
- Ensayar - To test
- Expectación - Expectation
- Feroz - Fierce
- Inspeccionar - To inspect
- Navegante - Navigator
- Optimo - Optimal
- Provisión - Provision
- Repuesto - Spare part
- Tramo - Section, stretch

El Camino hacia el Este

Los primeros días de la carrera son difíciles debido a las carreteras irregulares. El equipo español se enfrenta a baches y piedras sueltas que complican el viaje. Sin embargo, mantienen un buen ritmo.

—Tenemos que seguir adelante, no podemos perder tiempo—dice Juan, el conductor, mientras esquiva un bache.

Enfrentan problemas mecánicos menores que solucionan rápidamente gracias a la habilidad de Antonio, el mecánico.

—Parece que el motor está un poco sobrecalentado. Déjame arreglarlo—dice Antonio, abriendo el capó del coche.

Atravesar la campiña francesa les da un respiro. Los campos verdes y los pequeños pueblos son un alivio para los ojos después de las carreteras duras. Conocen a aldeanos que los animan a seguir adelante.

—¡Buena suerte, amigos!—les grita un aldeano mientras les ofrece agua fresca.

Cruzan la frontera hacia Alemania sin problemas. La competencia se intensifica al entrar en las montañas. Los caminos se vuelven más estrechos y peligrosos. Encuentran caminos fangosos debido a las lluvias recientes, lo que ralentiza su avance.

—Esto se está poniendo complicado—comenta Luis, el navegante, mientras mira el mapa.

En un momento, ven a otro equipo atascado en el barro. Deciden ayudarles, demostrando el espíritu de camaradería.

—Gracias, no lo hubiéramos logrado sin ustedes—dice uno de los miembros del equipo, estrechando la mano de Miguel.

Se enfrentan a noches frías durmiendo en tiendas de campaña. La resistencia del coche y del equipo es puesta a prueba constantemente. La moral es alta, pero el cansancio comienza a notarse.

—Necesitamos descansar bien esta noche—sugiere Antonio, mientras monta su tienda.

Llegan a un pequeño pueblo alemán donde reparan el coche. Los locales les ofrecen una comida caliente, lo cual es un verdadero lujo después de días de comida enlatada.

—Esto es justo lo que necesitábamos—dice Juan, disfrutando de un estofado.

Parten temprano al día siguiente para recuperar tiempo. El paisaje cambia a medida que se acercan a la frontera rusa, con bosques densos y colinas que prometen nuevos desafíos.

—Prepárense, lo más difícil aún está por venir—advierte Luis, estudiando el mapa.

El equipo sabe que cada kilómetro los acerca más a Pekín, y están decididos a superar todos los obstáculos que se les presenten en su camino. La carrera apenas comienza, y la emoción de la aventura los impulsa a seguir adelante.

- Aldea - Village
- Bache - Pothole
- Campiña - Countryside
- Capó - Hood (of a car)
- Cansancio - Fatigue
- Complicado - Complicated
- Desafío - Challenge
- Fangoso - Muddy
- Mecánico - Mechanic
- Moral - Morale
- Resistencia - Endurance
- Sobrecalentar - To overheat
- Suelto - Loose
- Tienda de campaña - Tent
- Tramo - Stretch, section

Desafíos en Rusia

Entrar en Rusia presenta nuevos desafíos para el equipo español. Las carreteras son peores y el clima se vuelve impredecible, con cambios bruscos entre sol, lluvia y nieve.

—Esto va a ser más difícil de lo que pensamos—dice Miguel, observando el cielo nublado.

Enfrentan su primera gran avería mecánica cuando el motor del coche se detiene de repente. Miguel y Antonio, el mecánico, trabajan toda la noche para repararlo.

—Necesitamos encontrar la pieza correcta—dice Antonio, limpiándose el sudor de la frente.

Consiguen ayuda de campesinos rusos para encontrar piezas. Los locales, aunque hablan poco inglés, son amables y dispuestos a ayudar.

—Gracias por su ayuda—dice Miguel, utilizando una mezcla de inglés y las pocas palabras rusas que han aprendido.

Los pueblos son escasos y las distancias largas. Cada tramo del viaje se siente interminable. El combustible se convierte en una preocupación constante, y el equipo busca estaciones de servicio en cada parada.

—No podemos quedarnos sin gasolina aquí en medio de la nada—comenta Luis, mirando el indicador de combustible.

Son recibidos con hospitalidad en una granja rusa. La familia les ofrece comida caliente y un lugar donde dormir.

—Spasibo, spasibo—repite Juan, agradeciendo en ruso mientras disfruta de la comida.

Aprenden algunas palabras en ruso para comunicarse mejor, lo que facilita su interacción con los locales. Cruzan ríos peligrosos utilizando viejos puentes de madera que crujen bajo el peso del coche.

—Espero que este puente aguante—murmura Antonio mientras conducen lentamente.

Encuentran a un oso en el camino, lo que los asusta y obliga a detenerse. Observan al animal desde la seguridad del coche hasta que se aleja.

—Eso estuvo cerca—dice Luis, con el corazón aún acelerado.

La determinación del equipo se fortalece ante las adversidades. Deciden tomar un desvío para evitar una zona peligrosa recomendada por los locales. Llegan a una ciudad importante donde pueden descansar y reparar el coche.

—Necesitamos un buen descanso y revisar el coche a fondo— sugiere Miguel, mientras buscan un taller.

Reciben noticias de que están en la mitad de la carrera, lo que les da un impulso de energía y motivación.

—Estamos a mitad de camino, muchachos. Podemos lograrlo— dice Juan con una sonrisa.

Con renovada determinación, el equipo se prepara para enfrentar la segunda mitad de la carrera, conscientes de que los desafíos serán aún mayores. Pero están listos para lo que venga, con la vista fija en Pekín y el espíritu indomable que los ha llevado hasta aquí.

- Aguantar - To endure, to hold up
- Avería - Breakdown
- Campesino - Farmer, peasant
- Crujir - To creak
- Desvío - Detour
- Gasolina - Gasoline
- Indicador - Indicator
- Impredecible - Unpredictable
- Interminable - Endless
- Nublado - Cloudy
- Reparar - To repair
- Río - River
- Sudor - Sweat
- Taller - Workshop, garage
- Tramo - Stretch, section

A Través de las Estepas

Las estepas rusas son interminables y desoladas. El equipo español se enfrenta a un paisaje monótono y vasto, con horizontes que parecen no tener fin.

—Nunca había visto algo tan inmenso—comenta Juan, mirando a su alrededor.

Enfrentan tormentas de arena que dificultan la visibilidad. El viento sopla con fuerza, levantando nubes de polvo que los obligan a detenerse y protegerse.

—No podemos seguir así, necesitamos esperar a que pase—dice Miguel, cerrando las ventanas del coche.

El coche sufre otro fallo mecánico en medio de la nada. Utilizan piezas de repuesto para solucionar el problema, trabajando juntos bajo el sol abrasador.

—Espero que estas piezas aguanten—dice Antonio, ajustando los tornillos.

La monotonía del paisaje pone a prueba su paciencia. Cada día parece igual al anterior, y la falta de variedad les afecta.

—Este lugar nunca cambia, ¿verdad?—pregunta Luis, intentando mantener el ánimo.

Ven animales salvajes, como lobos y águilas, que añaden un poco de emoción a su viaje. La presencia de estos animales les recuerda que están en un entorno verdaderamente salvaje.

—Mira esos lobos, mejor no nos acercamos demasiado—advierte Juan, señalando a lo lejos.

Encuentran un antiguo puesto de comercio donde reabastecerse. La comida enlatada se convierte en su principal sustento, y aunque no es lo más apetitoso, les permite seguir adelante.

—Nunca pensé que extrañaría tanto la comida casera—dice Miguel, abriendo una lata de frijoles.

Las noches en la estepa son frías y solitarias. Se turnan para conducir y descansar, asegurándose de que siempre haya alguien atento al volante.

—Te toca conducir, Luis. Yo intentaré dormir un poco—dice Antonio, entregándole el volante.

Mantienen el ánimo alto contando historias y cantando. Estas actividades les ayudan a sobrellevar las largas horas de viaje y fortalecer su vínculo como equipo.

—¿Recuerdan aquella vez en París?—empieza a contar Miguel, arrancando una risa del grupo.

Finalmente, ven signos de civilización al acercarse a Mongolia. Las primeras montañas de Mongolia les ofrecen un cambio de paisaje y un alivio bienvenido.

—¡Montañas! Por fin algo diferente—exclama Juan, con entusiasmo.

Deciden hacer una parada en un pequeño pueblo mongol. Son recibidos con curiosidad y hospitalidad por los locales, quienes les ofrecen comida y un lugar donde descansar.

—Bienvenidos—les dice un anciano del pueblo, sonriendo.

El equipo español se siente renovado por la amabilidad de los mongoles. Después de días en la estepa, este respiro les da la fuerza necesaria para continuar su travesía hacia Pekín.

- Abrasador - Scorching
- Aguantar - To endure
- Alivio - Relief
- Apestoso - Unpleasant, unappetizing
- Desolado - Desolate
- Fallos - Failures, breakdowns
- Horizonte - Horizon
- Imnenso - Immense
- Monotonía - Monotony
- Paisaje - Landscape

- Protegerse - To protect oneself
- Reabastecerse - To restock
- Soplar - To blow
- Sustento - Sustenance
- Tornillo - Screw

Cruzando Mongolia

Mongolia presenta un terreno accidentado y montañoso. El equipo español avanza con cuidado por caminos estrechos y peligrosos.

—Estas montañas son impresionantes, pero peligrosas— comenta Luis, mientras el coche sube por un sendero empinado.

Se enfrentan a caminos difíciles y, en un momento de descuido, Miguel sufre un pequeño accidente con el coche.

—¡Cuidado!—grita Antonio, mientras el coche derrapa y choca contra una roca.

Afortunadamente, nadie resulta herido y el coche se repara rápidamente gracias a la habilidad de Antonio.

—Podemos seguir adelante, pero tenemos que ser más cautelosos—dice Antonio, limpiándose las manos después de la reparación.

Conocen a nómadas mongoles que les ofrecen comida y refugio. Los nómadas, aunque hablan poco inglés, son muy hospitalarios.

—¡Bienvenidos!—dice un nómada con una sonrisa, invitándolos a su yurta.

Aprenden sobre la cultura y las tradiciones locales, disfrutando de comidas típicas y escuchando historias alrededor del fuego. La barrera del idioma se supera con gestos y sonrisas, creando un vínculo especial entre ellos.

—Es increíble cómo podemos comunicarnos sin palabras— comenta Juan, mientras agradece a los nómadas por su hospitalidad.

Encuentran una ruta alternativa sugerida por los nómadas, lo que les ahorra tiempo y evita algunos de los caminos más peligrosos.

—Sigan por este camino, es más seguro—les indica uno de los nómadas, señalando en el mapa.

Las montañas se vuelven más empinadas y desafiantes a medida que avanzan. Enfrentan deslizamientos de tierra que bloquean el camino, pero trabajan juntos para despejarlo y continuar.

—¡Empujen todos juntos!—anima Miguel, mientras mueven las rocas del camino.

Llegan a un lago impresionante y deciden acampar cerca. La vista es hermosa y la tranquilidad del lugar les brinda un merecido descanso.

—Este lugar es mágico—dice Luis, admirando el reflejo de las estrellas en el agua.

Disfrutan de una noche tranquila bajo las estrellas, compartiendo historias y riendo alrededor de la fogata.

—Esto es justo lo que necesitábamos—comenta Antonio, relajado.

Al día siguiente, parten temprano para evitar más retrasos. La frontera con China está cada vez más cerca, y la emoción de acercarse a su destino final les da nuevas fuerzas.

—Estamos muy cerca, equipo. Sigamos adelante—dice Miguel, con determinación.

La travesía por Mongolia ha estado llena de desafíos, pero también de momentos inolvidables y conexiones humanas que fortalecen su espíritu para la etapa final hacia Pekín.

- Accidentado - Rugged, uneven
- Admirar - To admire
- Alternativa - Alternative
- Barrera - Barrier

- Cauteloso - Cautious
- Deslizamiento - Landslide
- Derrapar - To skid
- Empinado - Steep
- Esfuerzo - Effort
- Hospitalario - Hospitable
- Impresionante - Impressive
- Nómada - Nomad
- Refugio - Shelter
- Superar - To overcome
- Yurta - Yurt

Entrando en China

Cruzan la frontera hacia China con emoción y nerviosismo. El equipo español siente una mezcla de alegría y ansiedad al estar cada vez más cerca de su destino final.

—¡Estamos en China!—exclama Luis con entusiasmo.

Las carreteras mejoran ligeramente, pero siguen siendo desafiantes. Los caminos son más amplios, pero aún enfrentan baches y tramos complicados.

—Al menos no tenemos que preocuparnos por deslizamientos de tierra aquí—comenta Juan, aliviado.

Encuentran pueblos rurales donde reabastecerse. Los aldeanos chinos los reciben con amabilidad y curiosidad, ofreciendo comida y bebida.

—Xiexie, gracias—dice Miguel, agradeciendo con una sonrisa mientras acepta un plato de comida local.

Miguel y su equipo disfrutan de la comida local. Los sabores nuevos y diferentes les dan un respiro de la monotonía de las provisiones de viaje.

—Esta comida es deliciosa—dice Antonio, saboreando un plato de arroz con verduras.

La barrera del idioma vuelve a ser un desafío, pero el equipo logra comunicarse con gestos y algunas palabras básicas en chino que han aprendido.

—¿Dónde podemos encontrar gasolina?—pregunta Luis, usando un mapa y señalando con el dedo.

Contratan a un guía local para ayudarlos a navegar por los caminos más complicados. El guía, un hombre llamado Li, es experto en la región y les proporciona valiosa información.

—Seguidme, conozco el camino más rápido—dice Li, liderando el grupo.

Enfrentan su mayor desafío mecánico cuando el motor del coche falla de repente. Antonio, el mecánico, trabaja incansablemente para repararlo, sabiendo que su éxito depende de ello.

—No podemos fallar ahora, tenemos que llegar a Pekín— murmura Antonio mientras trabaja.

Logran arreglar el coche y continúan su viaje. El equipo celebra el éxito, aunque saben que deben seguir adelante sin perder tiempo.

—¡Bien hecho, Antonio!—exclama Miguel, palmeándole la espalda.

El paisaje cambia a medida que se acercan a la Gran Muralla. La vista es impresionante y todos se sienten emocionados de estar tan cerca de uno de los monumentos más famosos del mundo.

—Tenemos que tomar una foto aquí—dice Juan, sacando su cámara.

Deciden tomar una foto con la muralla de fondo, un recuerdo que capturará este momento especial en su aventura.

—Esta será una gran historia para contar—comenta Luis, sonriendo para la cámara.

El guía los lleva por un camino más rápido hacia Pekín. La ruta es menos transitada y les permite avanzar con mayor rapidez.

—Estamos haciendo buen tiempo—dice Li, motivándolos a seguir adelante.

Se encuentran con otros equipos que también se dirigen a la meta. La competencia se intensifica mientras se acercan al final, con cada equipo dando lo mejor de sí.

—No podemos relajarnos aún. La carrera no ha terminado— dice Miguel, apretando el volante con determinación.

La llegada a Pekín está cada vez más cerca, y el equipo siente la presión y la emoción del final de esta gran aventura. Cada kilómetro los acerca más a su objetivo, y saben que deben darlo todo para llegar a la meta.

- Aldeano - Villager
- Ansiedad - Anxiety
- Apretar - To tighten
- Barrera - Barrier
- Competencia - Competition
- Contratar - To hire
- Desafiante - Challenging
- Destinatario - Recipient, addressee
- Emocionante - Exciting
- Incansablemente - Tirelessly
- Navegar - To navigate
- Proveer - To provide
- Reabastecerse - To restock
- Saborear - To savor
- Tramo - Section, stretch

Desafíos Finales

El camino hacia Pekín es largo y agotador. El equipo español siente el peso de los días de viaje en sus cuerpos y en su ánimo.

—Cada kilómetro se siente como diez—dice Luis, tratando de mantenerse despierto.

Enfrentan lluvias torrenciales que dificultan la conducción. El agua se acumula en las carreteras, creando charcos profundos y peligrosos.

—No podemos detenernos ahora—dice Miguel, esforzándose por ver a través del parabrisas empañado.

Los ríos crecidos obligan a buscar rutas alternativas, desviándose por caminos menos transitados pero más largos.

—Este desvío nos costará tiempo, pero es la única opción— comenta Juan, mirando el mapa con preocupación.

La fatiga empieza a afectar a todo el equipo. Cada uno lucha contra el cansancio, con ojos pesados y cuerpos adoloridos.

—Vamos, chicos. Estamos cerca, no podemos rendirnos—dice Miguel, manteniendo la moral alta con palabras de aliento.

Llegan a una ciudad donde pueden descansar y reabastecerse. Aprovechan la oportunidad para comer algo caliente y dormir un poco.

—Necesitábamos este descanso—admite Antonio, estirándose después de una siesta.

Encuentran problemas de salud debido al cansancio. Un médico local los ayuda a recuperarse, proporcionando medicamentos y consejos.

—Deben cuidar su salud, están a punto de lograr algo increíble—les dice el médico, con una sonrisa alentadora.

El coche necesita más reparaciones antes del tramo final. Antonio trabaja sin descanso para tener el coche listo, revisando cada detalle con minuciosidad.

—No podemos permitirnos más averías—dice Antonio, ajustando una tuerca.

Los competidores se acercan, aumentando la presión sobre el equipo. Saben que no están solos en su lucha por llegar a Pekín.

—Tenemos que mantenernos adelante—dice Miguel, con determinación en su voz.

El equipo decide darlo todo en el último tramo. La tensión es palpable, pero también lo es la determinación.

—Esto es por lo que hemos trabajado tanto—dice Juan, tomando el volante con firmeza.

La carretera se vuelve más congestionada cerca de Pekín. Enfrentan obstáculos imprevistos, como mercados llenos de gente y tráfico intenso.

—Vamos, casi estamos allí—dice Luis, animando al equipo a no rendirse.

A pesar de todo, continúan con determinación hacia la meta. La visión de Pekín en el horizonte les da un último impulso de energía.

—¡Lo logramos!—exclama Miguel, viendo la línea de meta acercarse.

El equipo español, agotado pero invencible, sigue adelante con el corazón lleno de esperanza y la mirada fija en el premio. Saben que la carrera aún no ha terminado, pero están más cerca que nunca de alcanzar su sueño.

- Acumular - To accumulate
- Aguantar - To endure
- Aliento - Encouragement
- Cansancio - Fatigue
- Congestionado - Congested
- Desviar - To divert
- Empañado - Fogged up
- Esforzarse - To strive
- Fatiga - Fatigue
- Imprevisto - Unexpected
- Minuciosidad - Thoroughness
- Palpable - Tangible
- Parabrisas - Windshield
- Rendir - To give up
- Torrencial - Torrential

El Final Dramático

La ciudad de Pekín aparece finalmente en el horizonte. El equipo español siente una mezcla de emoción y cansancio mientras se acercan a su destino.

—¡Lo hemos logrado, estamos aquí!—exclama Miguel, señalando las torres de la ciudad a lo lejos.

La llegada a Pekín es recibida con una gran multitud. La gente aplaude y vitorea, animando a los competidores mientras se abren paso por las calles llenas de vida.

—Esto es increíble, nunca imaginé una bienvenida así—dice Luis, con una sonrisa de asombro.

La última parte del camino es complicada por el tráfico. Carros, bicicletas y peatones llenan las calles, creando un caos que hace difícil avanzar.

—Necesitamos encontrar una ruta menos congestionada—sugiere Juan, buscando una salida entre la multitud.

Logran abrirse paso entre la gente y los otros coches, pero un accidente menor retrasa su llegada. Un ciclista se cruza en su camino y deben frenar bruscamente.

—¡Cuidado!—grita Antonio, mientras el coche se detiene de golpe.

Con esfuerzo, vuelven a la ruta correcta, decididos a no dejar que nada los detenga ahora. Ven la línea de meta y aceleran con todo lo que tienen, el motor rugiendo con fuerza.

—¡Aceleremos, estamos tan cerca!—anima Miguel, mientras el coche avanza a toda velocidad.

Cruzan la meta entre aplausos y vítores. La emoción es palpable, el equipo está agotado pero emocionado por haber terminado.

—¡Lo hicimos!—exclama Luis, levantando los brazos en señal de triunfo.

Descubren que han quedado en tercer lugar. A pesar de no ganar, se sienten orgullosos de su logro. Han recorrido un largo camino y han superado innumerables desafíos.

—Tercer lugar, pero para nosotros es como si hubiéramos ganado—dice Antonio, con una sonrisa de satisfacción.

Reciben felicitaciones de otros competidores, quienes reconocen su esfuerzo y determinación.

—Felicidades, hicieron un trabajo increíble—les dice uno de los competidores franceses, estrechando la mano de Miguel.

Reflexionan sobre todos los desafíos superados, desde las carreteras irregulares hasta las tormentas y los fallos mecánicos. Cada obstáculo ha sido una prueba de su resistencia y trabajo en equipo.

—Ha sido una aventura inolvidable, y lo mejor es que lo hemos hecho juntos—dice Juan, mirando a sus compañeros con gratitud.

Saben que han vivido una experiencia que recordarán para siempre. La carrera de París a Pekín ha sido más que una competencia; ha sido un viaje de descubrimiento y camaradería.

—Esto es solo el comienzo de muchas más aventuras—dice Miguel, con una mirada de determinación hacia el futuro.

El equipo español se siente más unido que nunca, y aunque la carrera ha terminado, la amistad y las experiencias compartidas los acompañarán para siempre.

- Acelerar - To accelerate
- Aplauso - Applause
- Asombro - Amazement
- Cansancio - Fatigue
- Caos - Chaos
- Congestionado - Congested
- Descubrir - To discover
- Determinación - Determination
- Esfuerzo - Effort

- Frenar - To brake
- Multitud - Crowd
- Palpable - Tangible
- Peatón - Pedestrian
- Reflexionar - To reflect
- Vitorear - To cheer

Sombras sobre el Mediterráneo

La Amenaza Corsaria

En la pequeña villa de Calpe, el sol brillaba sobre las casas blancas y las aguas cristalinas del Mediterráneo. Los pescadores salían temprano cada mañana, sin sospechar el peligro que acechaba en el horizonte. Las noticias de ataques corsarios en otras partes de la costa habían llegado, pero Calpe se sentía segura.

Un joven llamado Juan trabajaba en el puerto, ayudando a su padre con la pesca. María, la hermana de Juan, soñaba con casarse y formar una familia en el pueblo.

—Juan, ¿te imaginas nuestra vida aquí siempre? Es tan tranquilo y hermoso—dijo María, mirando al horizonte.

—Sí, hermana—respondió Juan—, pero siempre hay que estar alerta. Nunca sabemos qué puede pasar.

Una mañana, una extraña nave fue divisada en el horizonte, acercándose rápidamente a la costa. Los aldeanos se reunieron en la playa, curiosos y preocupados por el inusual barco.

—¿Qué será eso?—murmuró uno de los pescadores—. No se parece a los barcos que conocemos.

De repente, los cañones comenzaron a disparar desde la nave, causando pánico entre la gente.

—¡Corran!—gritó Juan, tomando la mano de María.

Los corsarios desembarcaron, armados y feroces, capturando a todos los que podían encontrar. Juan trató de defender a su familia, pero fue golpeado y atado junto a otros aldeanos.

—¡Déjenlo!—gritó María, pero fue arrancada de los brazos de su madre, llorando y gritando por ayuda.

Los corsarios quemaron las casas y saquearon los bienes antes de regresar a su barco con sus prisioneros.

En la bodega del barco, Juan y María se encontraron con otros cautivos de diferentes pueblos. El ambiente era oscuro, húmedo y lleno de desesperación mientras el barco se alejaba de la costa.

—Juan, tengo miedo—susurró María, temblando.

—Tranquila, María—dijo Juan, abrazándola con fuerza—. Encontraremos una manera de escapar. Te lo prometo.

El sonido de las olas golpeando el casco del barco y los susurros desesperados de los prisioneros llenaban el aire. La esperanza parecía desvanecerse, pero Juan sabía que debía ser fuerte por su hermana.

—Debemos mantenernos juntos—pensó, mirando las sombras en la oscuridad.

- Aldea - Small village or hamlet.
- Amenaza - Threat.
- Bodega - Hold (of a ship); also means cellar or warehouse.
- Cañones - Cannons.
- Capturar - To capture.
- Corsarios - Corsairs (pirates).
- Divisada - Sighted.
- Desembarcaron - Disembarked.
- Desesperación - Despair.
- Feroces - Fierce.
- Horizonte - Horizon.
- Pescadores - Fishermen.
- Prisioneros - Prisoners.
- Saqueado - Looted.
- Susurrar - To whisper.

La Vida en el Barco

Los días en el barco eran interminables y llenos de sufrimiento para los prisioneros. Juan y los otros hombres fueron encadenados a los remos, obligados a remar sin descanso. Las manos de Juan se llenaban de ampollas y su cuerpo se debilitaba cada día más.

—No puedo más —dijo Juan en voz baja a su vecino de remo, Pedro, un hombre de su misma edad que había sido capturado en otro pueblo.

—Debemos seguir, Juan. No tenemos otra opción —respondió Pedro, con la voz llena de resignación.

María y las demás mujeres eran tratadas como mercancía, temerosas de lo que les esperaba. Pasaban los días en la oscuridad de la bodega, escuchando los gritos y los azotes que llegaban desde la cubierta.

—María, ¿crees que algún día saldremos de aquí? —preguntó Carmen, una joven que había sido separada de su familia.

—Tenemos que tener esperanza, Carmen. Algún día alguien vendrá a rescatarnos —respondió María, tratando de consolarla, aunque sus propias esperanzas se desvanecían poco a poco.

Los corsarios golpeaban a los prisioneros que no remaban lo suficientemente rápido. La comida era escasa y de mala calidad, apenas suficiente para mantenerlos con vida. Cada día, Juan sentía cómo su fuerza se agotaba.

—Esta vida es un infierno —murmuró Juan a Pedro mientras intentaban comer el escaso alimento que les daban.

—Sí, pero mientras respiremos, hay esperanza —contestó Pedro, aunque sus ojos mostraban una profunda tristeza.

María, por su parte, se aferraba a la poca esperanza que tenía de ser rescatada. Cada noche rezaba en silencio, pidiendo fuerzas para soportar el tormento.

—Dios mío, cuida de nosotros. Dame fuerzas para seguir adelante —susurraba María, con lágrimas en los ojos.

Los prisioneros intentaban apoyarse unos a otros, compartiendo historias de sus hogares. Las historias les daban un respiro temporal, una conexión con un mundo que parecía muy lejano.

—Recuerdo cuando pescábamos en el río cerca de mi casa. Los peces eran grandes y abundantes —dijo un hombre mayor, tratando de evocar un recuerdo feliz.

Los días se mezclaban con las noches en un ciclo interminable de sufrimiento. Los corsarios no mostraban piedad, disfrutando del control que ejercían sobre sus cautivos.

—Ellos son como animales —dijo Pedro un día, mirando a los corsarios con odio.

—Sí, pero tenemos que ser fuertes. No podemos dejar que nos destruyan —respondió Juan, tratando de mantener la moral.

Juan intentaba mantener la mente ocupada, pensando en formas de escapar. Sabía que la posibilidad era remota, pero necesitaba aferrarse a algo.

—Debe haber una manera —se decía a sí mismo cada noche antes de dormir.

Algunos prisioneros no resistieron y murieron, sus cuerpos arrojados al mar sin ceremonia. La visión de la muerte constante erosionaba lentamente la moral de todos a bordo.

—Hoy murió otro hombre —dijo María a Carmen, con voz temblorosa.

—Sí, esto no tiene fin —respondió Carmen, apretando las manos de María en busca de consuelo.

Juan y María empezaban a entender que su destino estaba sellado si no encontraban una salida. Cada día era una lucha por sobrevivir, una lucha que parecía no tener fin.

—No podemos rendirnos, María. Algún día, de alguna manera, saldremos de aquí —dijo Juan con determinación, mirando a su hermana a los ojos.

—Sí, Juan. No nos rendiremos —respondió María, aferrándose a las palabras de su hermano como un faro en la oscuridad.

- Aferrarse - To cling to.
- Ampollas - Blisters.
- Azotes - Whippings.
- Cadena - Chain.

- Cubierta - Deck (of a ship).
- Desvanecer - To fade away.
- Infierno - Hell.
- Mercancía - Merchandise.
- Piedad - Mercy.
- Prisioneros - Prisoners.
- Remar - To row.
- Resignación - Resignation.
- Sufrimiento - Suffering.
- Temerosa - Fearful.
- Tormento - Torment.

La Esperanza Desvanecida

Durante una noche tormentosa, el barco fue sacudido por las olas violentas. Los prisioneros, encadenados y temerosos, escuchaban el rugido del mar y el crujir de la madera. Algunos vieron la tormenta como una posible oportunidad de escape.

—Juan, esta es nuestra oportunidad —susurró Pedro, mirando las cadenas con desesperación.

Juan susurró a María sobre un posible plan para aprovechar el caos.

—María, podríamos intentar escapar durante la tormenta. Los corsarios estarán ocupados.

—¿Y si nos atrapan? —respondió María, temblando de miedo.

Sin embargo, los corsarios estaban preparados y redoblaron la vigilancia. Los guardias patrullaban sin cesar, atentos a cualquier movimiento sospechoso. Un intento de fuga fue rápidamente sofocado, resultando en castigos brutales.

—¡No! ¡Por favor, no! —gritaba uno de los prisioneros mientras era arrastrado por los guardias.

Los prisioneros perdieron a varios compañeros durante el intento fallido. María quedó devastada al ver la crueldad con la que los corsarios respondían.

—¿Cómo pueden ser tan crueles? —lloraba María, abrazando a Juan con fuerza.

La moral del grupo cayó aún más, con la esperanza desvaneciéndose rápidamente. Juan comenzó a cuestionar su capacidad para proteger a su hermana.

—No sé si puedo seguir, María —admitió Juan, con la voz quebrada.

Los corsarios comenzaron a vender a algunos prisioneros en los puertos que visitaban. Cada venta era un recordatorio de su vulnerabilidad.

—¿Y si nos separan? —preguntó María, con los ojos llenos de lágrimas.

—No dejaré que eso pase —prometió Juan, aunque en su interior dudaba de su propia fuerza.

Cada puerto traía consigo la incertidumbre y el miedo a lo desconocido. Los prisioneros se aferraban unos a otros, temiendo el próximo destino. Los pocos momentos de tranquilidad se llenaban con historias de resistencia y valentía.

—En mi pueblo, mi abuelo siempre decía que nunca debemos perder la esperanza —contó un hombre mayor, tratando de inspirar valor en los demás.

Juan trataba de inspirar esperanza en los demás, aunque él mismo se sentía cada vez más desesperado.

—Debemos seguir luchando. Algún día saldremos de aquí —decía, intentando convencer tanto a los demás como a sí mismo.

La realidad de su situación se hacía más evidente con cada venta y cada pérdida. La esperanza se desvanecía como la luz del día al caer la noche, pero Juan y María se aferraban a la promesa de un futuro mejor, aunque cada vez parecía más lejano.

—Seguiremos adelante, María. No importa lo que pase, siempre estaré contigo —dijo Juan, apretando la mano de su hermana.

—Sí, Juan. Juntos hasta el final —respondió María, tratando de encontrar consuelo en las palabras de su hermano.

- Aprovechar - To take advantage of.
- Cadenas - Chains.
- Castigo - Punishment.
- Crujir - To creak.
- Devastado - Devastated.
- Desesperación - Desperation.
- Encadenado - Chained.
- Fuga - Escape.
- Moral - Morale.
- Patrullar - To patrol.
- Quebrada - Broken (voice).
- Redoblar - To intensify.
- Rugido - Roar.
- Sofocado - Quelled, suppressed.
- Vigilancia - Surveillance.

La Subasta en Argel

El barco llegó finalmente a Argel, un puerto conocido por su mercado de esclavos. Los prisioneros fueron alineados en la cubierta, sucios y exhaustos. Los corsarios los empujaban y golpeaban para que se alinearan correctamente.

—¡Muévanse! —gritaba uno de los corsarios, empujando a Juan hacia adelante.

Los habitantes del puerto se acercaron, curiosos y listos para comprar esclavos. Las miradas frías y calculadoras de los compradores hacían que Juan y María se aferraran el uno al otro, temerosos de ser separados.

—No me sueltes, Juan. Tengo miedo —dijo María, apretando la mano de su hermano con fuerza.

—No lo haré, María. Estaremos juntos —respondió Juan, aunque en su corazón temía lo peor.

Uno a uno, los prisioneros fueron subastados al mejor postor. La tensión aumentaba con cada venta. Finalmente, el turno de María llegó. Un hombre rico la señaló, y ella fue vendida a una familia acaudalada. Sus gritos de angustia resonaron en los oídos de Juan.

—¡Juan, no me dejes! —gritaba María mientras era arrastrada.

—¡María! ¡María! —respondía Juan, impotente, mientras veía a su hermana ser llevada.

Juan fue vendido a un comerciante, su espíritu roto al perder a su hermana. En su nuevo hogar, María fue tratada como sirvienta, trabajando largas horas sin descanso.

—Limpia esto. Haz aquello —ordenaban los miembros de la familia rica, sin mostrar ninguna compasión.

Juan, por su parte, fue obligado a trabajar en las galeras, remando hasta la extenuación. Cada día era una prueba de resistencia física y mental.

—No puedo seguir así —murmuraba Juan, sus manos llenas de ampollas y su cuerpo adolorido.

La vida en Argel era una constante lucha por la supervivencia. Los castigos eran frecuentes y brutales, sin esperanza de misericordia. Juan y María soñaban con escapar, aunque sabían que era casi imposible.

—Quizás algún día podremos volver a casa —decía María en voz baja, mirando al horizonte desde una pequeña ventana.

La nostalgia por su hogar en Calpe era un dolor constante en sus corazones. Recordaban los días felices, el sol brillante y las aguas cristalinas del Mediterráneo. La separación y el sufrimiento comenzaban a hacer mella en su voluntad de vivir.

—María, algún día estaremos juntos de nuevo —se prometía Juan cada noche antes de dormir.

—Te extraño, Juan. No pierdas la esperanza —pensaba María, aferrándose a la promesa de su hermano.

El sufrimiento y la soledad eran abrumadores, pero la esperanza de reunirse y regresar a su hogar les daba fuerzas para seguir adelante, aunque cada día parecía más difícil que el anterior.

- Acaudalado - Wealthy.
- Alineado - Lined up.
- Angustia - Anguish.
- Castigos - Punishments.
- Compasión - Compassion.
- Empujar - To push.
- Exhausto - Exhausted.
- Extenuación - Exhaustion.
- Galera - Galley (type of ship).
- Mella - Dent, weakening.
- Misericordia - Mercy.
- Nostalgia - Homesickness.
- Postor - Bidder.
- Sirvienta - Maid.

La Vida en la Galera

Juan fue asignado a una galera, encadenado a un remo junto a otros esclavos. Los días se mezclaban con las noches en un ciclo interminable de trabajo agotador. Los guardias no mostraban piedad, golpeando a los esclavos que disminuían el ritmo.

—¡Más rápido, esclavo! —gritaba uno de los guardias, azotando a Juan sin compasión.

La comida era escasa y de mala calidad, apenas suficiente para mantenerlos vivos. Juan trataba de mantenerse fuerte, recordando a su hermana y su hogar.

—María, espero que estés bien —pensaba Juan cada vez que mordía el pedazo de pan duro que le daban.

Los compañeros de remo se convirtieron en su nueva familia, compartiendo historias y esperanzas. Juan encontró consuelo en ellos, especialmente en un hombre llamado Manuel.

—Recuerda, Juan, debemos seguir adelante. No podemos rendirnos —le decía Manuel, intentando levantar el ánimo de todos.

La camaradería entre los esclavos era lo único que les daba fuerzas para seguir. Compartían sus sueños y recuerdos, buscando consuelo en las pequeñas cosas.

—En mi pueblo, las fiestas eran siempre alegres y llenas de música —contaba un joven llamado Andrés, intentando recordar tiempos mejores.

Juan soñaba con el día en que pudiera escapar y reunirse con María. Los castigos eran frecuentes y brutales, dejando cicatrices tanto físicas como emocionales.

—No puedo más, Juan —dijo un día Andrés, mostrando sus heridas.

—Pero debemos seguir intentando —respondió Juan, apretando el remo con determinación.

La vida en la galera era una prueba constante de resistencia y fuerza de voluntad. Algunos esclavos no soportaron la dura realidad y sucumbieron al agotamiento.

—Hoy perdimos a otro —comentó Manuel, con tristeza en los ojos.

Juan aprendió a aguantar el dolor, a mantener la esperanza viva a pesar de todo. La vista del mar se convirtió en un símbolo de libertad inalcanzable.

—Algún día, ese mar nos llevará a casa —decía Juan en voz baja, mirando el horizonte.

Cada golpe de remo era una batalla contra la desesperación. Juan prometió a sí mismo que encontraría una manera de escapar, aunque fuera lo último que hiciera.

—No importa cuánto tiempo tome, encontraré a María y volveremos a Calpe —se decía, sintiendo una chispa de esperanza en su corazón.

La vida en la galera era dura, pero la esperanza y la camaradería mantenían a Juan y a sus compañeros en pie, luchando por un futuro mejor.

- Agotador - Exhausting.
- Ánimo - Spirit, mood.
- Azotar - To whip.
- Camaradería - Camaraderie.
- Cicatrices - Scars.
- Compasión - Compassion.
- Desesperación - Despair.
- Disminuir - To decrease.
- Escaso - Scarce.
- Remo - Oar.
- Resistencia - Endurance.
- Rendirse - To give up.
- Símbolo - Symbol.
- Sucumbir - To succumb.
- Voluntad - Willpower.

El Precio de la Libertad

Los rumores de una posible revuelta comenzaron a circular entre los esclavos de la galera. Juan escuchó atentamente, considerando las posibilidades y los riesgos.

—¿Has oído hablar de la revuelta? —preguntó Manuel en un susurro.

—Sí, pero es muy peligroso —respondió Juan, aunque la idea de escapar llenaba su mente.

Un grupo de esclavos comenzó a planear un levantamiento, decidido a recuperar su libertad. Juan se unió al plan, viendo una oportunidad para escapar y buscar a María.

—Debemos ser cuidadosos y actuar con rapidez —dijo Pedro, uno de los líderes del grupo.

La noche del levantamiento, los esclavos atacaron a los guardias con todo lo que tenían. La lucha fue feroz, con muchos esclavos y guardias heridos o muertos. Juan luchó con todas sus fuerzas, decidido a no rendirse sin pelear.

—¡Por la libertad! —gritó Juan, golpeando a un guardia con un remo.

Finalmente, los esclavos lograron tomar el control de la galera. La alegría de la victoria fue efímera, ya que aún estaban en alta mar sin un rumbo claro.

—¿Y ahora qué hacemos? —preguntó Andrés, mirando el vasto océano.

Los esclavos discutieron sobre qué hacer a continuación, con la libertad tan cerca y tan lejos a la vez. Decidieron dirigirse a la costa más cercana, esperando encontrar ayuda y refugio.

—Nos dirigiremos hacia el este, hay una isla que podría estar cerca —sugirió Manuel, recordando viejas rutas.

El viaje fue difícil, con poca comida y agua, y la constante amenaza de ser recapturados. Juan soñaba con el momento en que pudiera reunirse con su hermana y regresar a su hogar.

—Solo un poco más, María. Pronto estaré contigo —se decía Juan, remando con fuerza.

La esperanza de la libertad daba fuerzas a los esclavos para seguir adelante. Cada golpe de remo los acercaba más a su objetivo.

—No podemos rendirnos ahora, estamos tan cerca —animaba Pedro, viendo la determinación en los ojos de los demás.

Sin embargo, la realidad de su situación pronto les recordó que el precio de la libertad podía ser muy alto. El mar, implacable y vasto, no les ofrecía garantías.

—Tenemos que estar preparados para lo peor —advirtió Manuel, su voz llena de preocupación.

A pesar de las dificultades, Juan y sus compañeros mantenían viva la esperanza. Sabían que la libertad era un derecho que debían luchar por obtener con todas sus fuerzas, sin importar el costo.

- Advirtió - Warned
- Alta mar - High seas
- Atacar - To attack
- Dirigirse - To head towards
- Efímera - Ephemeral
- Escapar - To escape
- Feroz - Fierce
- Herido - Injured
- Implacable - Relentless
- Levantamiento - Uprising
- Libertad - Freedom
- Refugio - Shelter
- Revuelta - Revolt
- Riesgo - Risk
- Susurro - Whisper

La Desesperación Final

La galera finalmente llegó a la costa, pero la bienvenida no fue lo que esperaban. Un grupo de soldados les esperaba, listos para recapturarlos y devolverlos a la esclavitud.

—¡Rápido, corran! —gritó Pedro, tratando de escapar.

Juan y los otros esclavos trataron de huir, pero muchos fueron capturados nuevamente. Juan logró escapar por poco, corriendo hacia el interior, lejos de la costa. Desesperado y solo, se escondió en un bosque cercano, temeroso de ser encontrado.

La falta de comida y agua comenzó a pasar factura en su cuerpo debilitado. Cada día era una lucha por encontrar algo que comer y beber.

—No puedo seguir así —murmuraba Juan, sintiendo cómo sus fuerzas se desvanecían.

La soledad y la desesperación se apoderaron de su mente, luchando por mantener la esperanza. Recordaba a María, su razón para seguir adelante a pesar de todo.

—María, no puedo fallarte —se decía, tratando de encontrar fuerzas en sus recuerdos.

Intentó encontrar un camino hacia la libertad, pero cada día era una lucha más difícil. Los recuerdos de su hogar en Calpe eran su único consuelo en momentos de oscuridad.

—El sol, el mar... todo parece tan lejano ahora —pensaba Juan, sentado bajo un árbol.

Los días pasaban lentamente, cada vez más difíciles de soportar. Juan comenzó a perder la esperanza, su cuerpo y mente al borde del colapso.

Un día, mientras buscaba comida, fue encontrado por un grupo de soldados. Sin fuerzas para luchar, Juan fue capturado y llevado de regreso a la esclavitud.

—¡No, por favor, no! —gritó Juan, pero sus súplicas fueron ignoradas.

La visión de la libertad se desvanecía mientras era encadenado una vez más. Sus sueños de reunirse con María y regresar a su hogar parecían más distantes que nunca.

—Lo siento, María —murmuró Juan, sintiendo el peso de las cadenas en sus muñecas.

El viaje de regreso a la esclavitud fue amargo y lleno de desesperación. La esperanza que había sostenido a Juan durante tanto tiempo se desvanecía lentamente, dejándolo con solo la sombra de sus sueños perdidos.

- Apoderar - To take over
- Cadena - Chain
- Colapso - Collapse
- Desesperación - Desperation
- Desvanecer - To fade away
- Escapar - To escape
- Fallar - To fail
- Interior - Inland
- Luchar - To struggle
- Murmurar - To murmur
- Pasar factura - To take a toll
- Recapturar - To recapture
- Sombra - Shadow
- Soldado - Soldier
- Suplicar - To plead

El Último Suspiro

De regreso en la galera, Juan fue encadenado a los remos, su espíritu roto. La vida se convirtió en una serie interminable de sufrimientos y castigos. Cada día era una lucha por sobrevivir, y cada noche, un tormento sin fin.

—Juan, ¿cómo te sientes? —preguntó Manuel, notando la tristeza en los ojos de su amigo.

—Hago lo que puedo para seguir adelante, pero es difícil —respondió Juan, tratando de mantener viva la esperanza, recordando a su hermana y su hogar.

Los años pasaron, y la salud de Juan comenzó a deteriorarse lentamente. El agotamiento y las heridas no tratadas empezaron a cobrar su precio. Los golpes y castigos se convirtieron en una rutina diaria, cada vez más difíciles de soportar.

—Un día más, solo un día más —se decía Juan, tratando de encontrar fuerzas en sus recuerdos.

Juan soñaba con el mar y la libertad, pero esos sueños se desvanecían con el tiempo. La amistad con otros esclavos le daba un poco de consuelo, pero no era suficiente.

—Recuerda, Juan, estamos juntos en esto —decía Pedro, tratando de animar a su amigo.

Los recuerdos de María y Calpe eran su única fuente de esperanza. Un día, durante una tormenta, Juan colapsó, incapaz de continuar remando.

—¡Juan, despierta! —gritó Andrés, tratando de levantarlo.

Los guardias lo golpearon, pero su cuerpo no respondía. Los otros esclavos intentaron ayudarlo, pero sabían que su tiempo estaba llegando a su fin.

—Deja de golpearlo, ya no puede más —suplicó Manuel, con lágrimas en los ojos.

Juan miró el mar una última vez, recordando los días de libertad y felicidad. Con su último suspiro, pensó en María y la esperanza de que ella estuviera a salvo.

—María, espero que estés bien —murmuró Juan, sintiendo que su vida se escapaba.

La vida de Juan terminó en la galera, un esclavo hasta el final, pero libre en su mente. Su cuerpo sucumbió al agotamiento, pero su espíritu encontró la paz en los recuerdos de su hermana y su hogar.

- Agotamiento - Exhaustion
- Amistad - Friendship
- Animar - To encourage
- Cobrar - To take (a toll)
- Colapsar - To collapse
- Despertar - To wake up
- Deteriorarse - To deteriorate
- Encadenado - Chained
- Escaparse - To escape (life escaping)

- Golpear - To hit
- Remo - Oar
- Rutinario - Routine
- Soportar - To endure
- Sufrimiento - Suffering
- Tormento - Torment

La Esclavitud de Europeos en el Mundo Islámico

La esclavitud de europeos en el mundo islámico es un capítulo oscuro y menos conocido de la historia. Desde el siglo VII hasta principios del siglo XIX, millones de europeos fueron capturados y vendidos como esclavos en el norte de África, el Imperio Otomano, el Kanato de Crimea y los reinos musulmanes de Asia Central.

La Esclavitud en el Norte de África

Desde el año 700 d.C., los corsarios de Berbería, que eran piratas del norte de África, capturaron a numerosos europeos. Estos corsarios operaban principalmente en la costa del Mediterráneo y atacaban barcos y pueblos costeros. Las personas capturadas eran llevadas a mercados de esclavos en ciudades como Argel, Túnez y Trípoli. Allí, eran vendidas a la población local y a otros comerciantes. Los esclavos europeos trabajaban en diversas tareas, como en la construcción, en la agricultura y también como sirvientes domésticos.

El Kanato de Crimea

El Kanato de Crimea, un estado tártaro, también participó en la captura de esclavos europeos. Desde el siglo XV hasta el XVIII, los tártaros de Crimea realizaron incursiones en las regiones del este de Europa, especialmente en Ucrania, Polonia y Rusia. Las víctimas de estas incursiones eran llevadas a Crimea, donde eran vendidas a los otomanos y otros compradores. Los esclavos capturados por los tártaros eran conocidos como "jasyr" y sufrían condiciones muy duras.

El Imperio Otomano

El Imperio Otomano, que se extendía por tres continentes, también fue un gran consumidor de esclavos europeos. Desde el siglo XIV, los otomanos capturaban a europeos en guerras y en incursiones. Estos esclavos eran utilizados en diversos roles, como soldados (janízaros), sirvientes y trabajadores. Los otomanos también compraban esclavos en mercados como los de Crimea y Berbería.

Los Reinos Musulmanes de Asia Central

En Asia Central, los khanatos musulmanes como Bujará y Jiva también participaron en la esclavitud de europeos. Los comerciantes de esclavos capturaban a personas en la frontera con Rusia y las vendían en los mercados de Asia Central. Estos esclavos eran utilizados principalmente en la agricultura y como sirvientes.

El Fin de la Esclavitud

La esclavitud de europeos en el mundo islámico comenzó a disminuir a finales del siglo XVIII y principios del XIX. Varias razones contribuyeron a esto, como el poder creciente de las naciones europeas, que empezaron a atacar y destruir las bases de los corsarios de Berbería. Además, el Tratado de París de 1814 y otras medidas diplomáticas ayudaron a terminar con la práctica de la esclavitud en el norte de África.

Conclusión

La esclavitud de europeos en el mundo islámico es una parte importante de la historia que muestra las interacciones complejas y a menudo violentas entre diferentes culturas. Aunque es menos conocida que la trata transatlántica de esclavos africanos, tuvo un impacto significativo en la vida de millones de europeos que fueron capturados y vendidos como esclavos. Conocer esta historia nos ayuda a entender mejor las dinámicas históricas de la esclavitud y sus efectos duraderos en las sociedades.

- Agricultura - Agriculture
- Capítulo - Chapter
- Capturado - Captured
- Comerciante - Merchant
- Construcción - Construction
- Corsario - Corsair
- Desaparecer - To disappear

- Incursión - Incursion
- Jasyr - Captive slave (specific term used by the Crimean Tatars)
- Janízaro - Janissary (elite Ottoman soldier)
- Khanato - Khanate (a political entity ruled by a Khan)
- Oscuro - Dark
- Sirviente - Servant
- Tártaro - Tatar
- Tratado - Treaty

Leonardo y el Sueño de Volar

El Sueño de Volar

Leonardo da Vinci, famoso inventor y artista, siempre soñó con volar. Un día, decidió construir una máquina voladora inspirada en el vuelo de los pájaros. Trabajó durante meses en su taller, diseñando y construyendo su invento con gran dedicación.

—Francesco, pásame esa pluma grande, por favor —pidió Leonardo a su fiel asistente.

—Claro, maestro Leonardo —respondió Francesco, entregándole la pluma.

Leonardo usó plumas, madera y tela para crear las alas de la máquina. Estudió el movimiento de las aves para perfeccionar el diseño.

—Mira cómo las alas se mueven en armonía con el viento —explicó Leonardo, observando a un grupo de pájaros en el cielo.

Finalmente, la máquina voladora estuvo lista para su primer vuelo de prueba. Leonardo estaba emocionado, pero también nervioso por el resultado.

—Hoy es el gran día, Francesco. ¿Estás listo? —preguntó Leonardo, mientras ajustaba las últimas piezas.

—Sí, maestro. ¡Estoy muy emocionado! —respondió Francesco, con una amplia sonrisa.

Eligieron una colina cerca de Florencia para el primer vuelo. Los amigos y curiosos del pueblo se reunieron para ver el evento.

—¡Mira, allí está Leonardo con su invento! —dijo un niño, señalando con entusiasmo.

Leonardo subió a la máquina, asegurándose de que todo estuviera en su lugar. Francesco le deseó suerte y observó con expectación.

—Buena suerte, maestro. Todos estamos con usted —dijo Francesco, apoyando a Leonardo.

Leonardo empezó a mover las alas, imitando el vuelo de un pájaro. La máquina se elevó lentamente del suelo, sorprendiendo a todos.

—¡Está volando! —gritó una mujer, asombrada.

Leonardo voló unos metros antes de descender suavemente, emocionado por el éxito inicial. Su corazón latía con fuerza, lleno de alegría y esperanza.

—¡Lo logramos, Francesco! ¡Volamos! —exclamó Leonardo, abrazando a su asistente.

—¡Es increíble, maestro! ¡Es solo el comienzo de algo grande! —respondió Francesco, lleno de entusiasmo.

Los amigos y curiosos aplaudieron y vitorearon, impresionados por el logro de Leonardo. Aquel día marcó el inicio de una serie de aventuras que llevarían a Leonardo y su máquina voladora a lugares inimaginables.

- Asombrado - Astonished
- Colina - Hill
- Curioso - Curious (person)
- Dedicación - Dedication
- Descender - To descend
- Entusiasmo - Enthusiasm
- Expectación - Expectation
- Invento - Invention
- Latir - To beat (heart)
- Máquina - Machine
- Observando - Observing
- Perfeccionar - To perfect
- Pluma - Feather
- Taller - Workshop
- Vitorear - To cheer

La Primera Aventura

Después del exitoso vuelo de prueba, Leonardo decidió mejorar su máquina. Añadió mecanismos para controlar mejor la dirección y el equilibrio.

—Francesco, creo que si ajustamos estos engranajes, podremos maniobrar con más precisión —dijo Leonardo, señalando los nuevos diseños.

—Buena idea, maestro. Estoy seguro de que funcionará —respondió Francesco, ayudando a Leonardo con los ajustes.

Francesco y Leonardo realizaron varios vuelos de prueba más, cada uno con mayor éxito. Un día, recibieron una carta del Duque de Milán, Ludovico Sforza.

—Maestro Leonardo, ¡una carta del Duque de Milán! —exclamó Francesco, entregándole el pergamino.

El Duque invitaba a Leonardo a Milán para mostrar su invento. Leonardo y Francesco prepararon su viaje, emocionados por la oportunidad.

—Esto es una gran oportunidad, Francesco. Debemos mostrarle al Duque nuestro progreso —dijo Leonardo, mientras empaquetaban la máquina.

Llevaron la máquina voladora en una carreta, protegida con mucho cuidado. Durante el viaje, Leonardo y Francesco hablaron sobre nuevas ideas e invenciones.

—Tengo una idea para un dispositivo que podría cambiar la agricultura —comentó Leonardo.

—Me encantaría saber más, maestro —respondió Francesco, siempre curioso.

Al llegar a Milán, fueron recibidos con gran entusiasmo por la corte del Duque. Leonardo presentó su máquina voladora ante una multitud en el palacio.

—Damas y caballeros, les presento mi máquina voladora —anunció Leonardo con orgullo.

El Duque quedó impresionado y ofreció su apoyo a Leonardo.

—Leonardo, tu invento es asombroso. Quiero apoyarte en tus investigaciones —dijo el Duque con admiración.

Decidieron realizar un vuelo de demostración desde la Torre del Castillo Sforzesco. Leonardo, con su máquina lista, subió a la torre mientras todos observaban.

—Buena suerte, maestro. Sé que lo logrará —dijo Francesco, animándolo desde abajo.

Lanzándose desde la torre, Leonardo voló sobre los jardines del castillo. El vuelo fue un éxito total, y el Duque proclamó a Leonardo como un genio.

—¡Es un verdadero genio! —exclamó el Duque, mientras la multitud aplaudía.

Leonardo y Francesco se miraron, sabiendo que este era solo el comienzo de muchas más aventuras y descubrimientos. La emoción en el aire era palpable, y la confianza del Duque les daba nuevas fuerzas para seguir adelante con sus innovaciones.

- Ajustar - To adjust
- Asombroso - Amazing
- Carreta - Cart
- Demostración - Demonstration
- Descubrimiento - Discovery
- Dispositivo - Device
- Engranaje - Gear
- Equilibrio - Balance
- Innovación - Innovation
- Invención - Invention
- Lanzarse - To launch oneself
- Maniobrar - To maneuver
- Multitud - Crowd
- Oportunidad - Opportunity
- Pergamino - Parchment

Un Encuentro Inesperado

Durante su estancia en Milán, Leonardo conoció a un misterioso visitante. El visitante, llamado Marco, afirmaba ser un explorador del Lejano Oriente. Marco estaba fascinado por la máquina voladora y pidió a Leonardo una demostración privada.

—Maestro Leonardo, he oído maravillas sobre su máquina voladora. ¿Podría mostrármela en acción? —preguntó Marco con interés.

—Por supuesto, Marco. Será un honor —respondió Leonardo, intrigado por el visitante.

Leonardo y Francesco llevaron a Marco a un campo abierto para el vuelo. Después de ver el vuelo, Marco hizo una propuesta intrigante.

—Leonardo, necesito su ayuda en una expedición para buscar una antigua ciudad perdida en el Lejano Oriente —dijo Marco.

—¿Una ciudad perdida? Eso suena fascinante. ¿Por qué necesita mi máquina voladora? —preguntó Leonardo, curioso.

—La región es montañosa y difícil de explorar a pie. Su máquina podría ser la clave para nuestro éxito —explicó Marco.

Leonardo, atraído por la aventura y el misterio, aceptó la propuesta. Francesco también decidió unirse, ansioso por la nueva experiencia.

—No puedo perderme esta oportunidad, maestro. ¡Vamos a hacerlo! —exclamó Francesco.

Prepararon la máquina voladora y los suministros para el largo viaje. La expedición partió al amanecer, con Marco guiándolos hacia el este.

—El camino será difícil, pero estoy seguro de que valdrá la pena —dijo Marco mientras avanzaban.

Durante el viaje, enfrentaron numerosos desafíos, incluyendo ríos caudalosos y bosques densos. Leonardo tomó notas detalladas de todo lo que encontraban, planeando nuevos inventos.

—Este puente colgante es increíble. Quizás podría diseñar algo similar —murmuró Leonardo, dibujando en su cuaderno.

Finalmente, llegaron a una serie de montañas imposibles de escalar sin la máquina voladora. Leonardo y Francesco montaron la máquina, listos para volar sobre las montañas.

—Es el momento de ver si nuestra máquina puede superar este desafío —dijo Leonardo, ajustando los controles.

—Estoy listo, maestro. Vamos a volar —respondió Francesco con entusiasmo.

La máquina voladora se elevó en el aire, surcando los cielos mientras el sol se alzaba en el horizonte. La expedición apenas comenzaba, y la promesa de descubrimientos y aventuras llenaba a Leonardo y a su equipo de determinación y emoción.

- Amanecer - Dawn
- Caudaloso - Flowing abundantly
- Challengo - Desafío
- Colgante - Hanging
- Curioso - Curious
- Denso - Dense
- Determinación - Determination
- Expedición - Expedition
- Fascinado - Fascinated
- Montañoso - Mountainous
- Misterioso - Mysterious
- Propuesta - Proposal
- Región - Region
- Superar - To overcome
- Surcar - To plow through or to fly over

El Vuelo sobre las Montañas

Leonardo y Francesco se prepararon para el difícil vuelo sobre las montañas. Ajustaron cuidadosamente la máquina voladora para el largo recorrido.

—Francesco, asegúrate de que las alas estén bien fijadas. No podemos permitirnos ningún error —dijo Leonardo, concentrado.

—Todo está listo, maestro. La máquina está en perfectas condiciones —respondió Francesco, revisando los últimos detalles.

Marco les deseó suerte y les indicó la dirección de la antigua ciudad.

—Buena suerte, amigos. La ciudad debería estar al otro lado de estas montañas, en un valle remoto —dijo Marco, señalando el horizonte.

Leonardo empezó a mover las alas y la máquina comenzó a elevarse. Francesco y Leonardo volaron alto, sobre las cimas nevadas y los valles profundos.

—¡Es increíble, maestro! ¡Mira esas vistas! —exclamó Francesco, maravillado.

El paisaje desde el aire era impresionante, con vistas nunca antes vistas. A mitad de vuelo, una fuerte corriente de viento sacudió la máquina.

—¡Cuidado, Francesco! Agárrate fuerte —advirtió Leonardo, manteniendo la calma y ajustando los controles para estabilizarse.

Descendieron un poco para evitar las turbulencias más fuertes. Avanzaron sobre un vasto desierto, siguiendo las indicaciones de Marco.

—Debemos estar cerca, Francesco. Mantén los ojos abiertos —dijo Leonardo, mirando hacia el horizonte.

Finalmente, divisaron ruinas antiguas escondidas en un valle remoto. Aterrizaron cerca de las ruinas, emocionados por su descubrimiento.

—¡Lo logramos, maestro! ¡Es la ciudad perdida! —dijo Francesco, saltando de la máquina con alegría.

Marco los alcanzó a pie, fascinado por la vista de la ciudad perdida.

—Es incluso más impresionante de lo que imaginaba —dijo Marco, con los ojos llenos de asombro.

Exploraron las ruinas, encontrando artefactos y escritos antiguos. Leonardo comenzó a hacer bocetos y estudios de los hallazgos, planeando su regreso a Italia.

—Estos descubrimientos cambiarán la historia, Francesco. Debemos documentar todo cuidadosamente —dijo Leonardo, dibujando rápidamente.

—Sí, maestro. Esto es solo el comienzo de algo grandioso —respondió Francesco, ayudando a catalogar los artefactos.

La expedición fue un éxito, y Leonardo sabía que estos nuevos conocimientos impulsarían aún más sus invenciones. Con el corazón lleno de emoción y la mente llena de ideas, estaban listos para llevar sus descubrimientos de vuelta a casa.

- Advertir - To warn
- Ajustar - To adjust
- Antiguo - Ancient
- Artefacto - Artifact
- Asombro - Amazement
- Catalogar - To catalog
- Concentrado - Focused
- Condiciones - Conditions
- Corriente - Current (as in air or water)
- Descubrimiento - Discovery
- Divisar - To spot
- Estabilizarse - To stabilize
- Fijar - To secure
- Remoto - Remote

- Turbulencia - Turbulence

El Misterio de la Ciudad Perdida

En la ciudad perdida, Leonardo y su equipo encontraron una biblioteca antigua. Los textos y mapas hablaban de una civilización avanzada con conocimientos olvidados.

—Francesco, ¡mira estos manuscritos! Hablan de tecnologías y medicinas que nunca hemos visto —dijo Leonardo, fascinado por los descubrimientos.

—Es increíble, maestro. Esta civilización era realmente avanzada —respondió Francesco, examinando los textos.

Marco tradujo algunos de los textos, revelando secretos sobre tecnología y medicina.

—Este texto describe una máquina voladora similar a la suya, Leonardo, pero con mejoras significativas —explicó Marco, señalando un diseño antiguo.

Leonardo encontró un diseño para una máquina similar a la suya, pero más avanzada. Decidió construir una versión mejorada de la máquina voladora utilizando los nuevos conocimientos.

—Con estas mejoras, nuestra máquina será mucho más estable y fácil de controlar —dijo Leonardo, emocionado.

Francesco y Marco ayudaron a reunir los materiales necesarios de las ruinas. Trabajaron día y noche, emocionados por el potencial del nuevo invento.

—Esta es una oportunidad única, Francesco. Debemos aprovecharla al máximo —dijo Leonardo, mientras ajustaba los componentes de la máquina.

Leonardo aplicó las mejoras, aumentando la estabilidad y el control de la máquina. Mientras trabajaban, se dieron cuenta de que no estaban solos en el valle.

—Maestro, he visto a otros hombres merodeando por aquí. No parecen amigables —advirtió Francesco, preocupado.

Un grupo de exploradores rivales también había descubierto la ciudad perdida. Estos exploradores eran hostiles y querían apoderarse de los hallazgos.

—Debemos proteger nuestros descubrimientos a toda costa —dijo Marco, con determinación.

Leonardo y su equipo tuvieron que idear un plan para proteger la máquina y los artefactos. Decidieron esconder los artefactos más valiosos en una cueva cercana.

—Francesco, lleva estos manuscritos a la cueva. Marco y yo vigilaremos —ordenó Leonardo, tomando decisiones rápidas.

Utilizaron la máquina voladora mejorada para trasladar rápidamente los objetos. A pesar de las tensiones, lograron proteger sus descubrimientos de los exploradores rivales.

—Lo logramos, maestro. Todo está a salvo —dijo Francesco, respirando aliviado.

—Bien hecho, Francesco. Ahora, debemos seguir trabajando y prepararnos para regresar a Italia —respondió Leonardo, con una sonrisa de satisfacción.

El equipo continuó trabajando con renovado vigor, sabiendo que habían superado un gran desafío. La máquina voladora mejorada y los artefactos antiguos serían el legado de su increíble aventura.

- Aprovechar - To take advantage of
- Apoderarse - To seize
- Biblioteca - Library
- Civilización - Civilization
- Componentes - Components
- Descubrimiento - Discovery
- Estabilidad - Stability
- Examinando - Examining
- Hostil - Hostile
- Manuscritos - Manuscripts
- Merodear - To prowl

- Potencial - Potential
- Protección - Protection
- Tecnología - Technology
- Traducir - To translate

El Regreso a Italia

Con la máquina voladora mejorada y los artefactos protegidos, Leonardo decidió regresar a Italia. Marco optó por quedarse y seguir explorando la ciudad perdida.

—Ha sido un honor trabajar contigo, Leonardo. Seguiré explorando estas ruinas y compartiré mis hallazgos contigo —dijo Marco, estrechando la mano de Leonardo.

—Buena suerte, Marco. Espero escuchar sobre tus descubrimientos pronto —respondió Leonardo.

Leonardo y Francesco se despidieron de Marco y emprendieron el vuelo de regreso. El viaje fue desafiante debido a las condiciones climáticas cambiantes.

—Maestro, parece que se avecina una tormenta —advirtió Francesco, mirando el cielo oscuro.

—Debemos mantener la calma y ajustar la máquina según sea necesario —respondió Leonardo, concentrado.

A pesar de las dificultades, la nueva máquina voladora demostró ser muy efectiva. Llegaron a una pequeña aldea donde pudieron descansar y reabastecerse.

—¡Miren esa máquina! —exclamó un aldeano, señalando con asombro.

Los aldeanos quedaron impresionados con la máquina voladora y pidieron una demostración. Leonardo accedió y realizó un vuelo corto sobre la aldea, ganándose la admiración de todos.

—¡Es increíble! ¡Nunca había visto algo así! —dijo una anciana, aplaudiendo con entusiasmo.

Continuaron su viaje, cruzando ríos y montañas con mayor facilidad. Finalmente, llegaron de vuelta a Milán, donde fueron recibidos como héroes.

—¡Leonardo y Francesco han regresado! —gritaba la multitud, emocionada.

El Duque de Milán quedó impresionado con los nuevos artefactos y el avance en la máquina voladora.

—Leonardo, tus descubrimientos son extraordinarios. Has superado todas mis expectativas —dijo el Duque, admirando los artefactos.

Leonardo compartió sus descubrimientos con otros científicos y artistas. La máquina voladora se convirtió en una fuente de inspiración para muchos inventores.

—Maestro, gracias a usted, he decidido trabajar en mis propios inventos —dijo un joven aprendiz.

Francesco y Leonardo continuaron trabajando juntos en nuevos proyectos. Los conocimientos adquiridos en la ciudad perdida impulsaron muchos de los futuros inventos de Leonardo.

—Francesco, con estos nuevos conocimientos, podemos lograr cosas increíbles —dijo Leonardo, lleno de entusiasmo.

—Sí, maestro. El futuro promete ser muy emocionante —respondió Francesco, compartiendo la emoción de su mentor.

El regreso a Italia no solo marcó el fin de una gran aventura, sino también el comienzo de una nueva era de descubrimientos y creaciones para Leonardo y su equipo.

- Aldea - Village
- Anciana - Elderly woman
- Asombro - Amazement
- Aveciar - To approach
- Desafiante - Challenging
- Despedir - To say goodbye
- Emprender - To undertake

- Estrechar - To shake (hands)
- Expectativa - Expectation
- Impresionante - Impressive
- Mentor - Mentor
- Proteger - To protect
- Reabastecer - To restock
- Sobrepasar - To surpass
- Tormenta - Storm

La Aventura Continua

Después de su regreso, Leonardo siguió investigando nuevas formas de mejorar su máquina voladora. Recibió cartas de reyes y nobles de toda Europa interesados en su invento.

—Maestro, hemos recibido otra carta. Esta vez es del Rey de Francia —dijo Francesco, entregando el pergamino a Leonardo.

Un día, llegó una carta del Rey de Francia, invitando a Leonardo a su corte. El rey quería que Leonardo construyera una máquina voladora para Francia.

—Leonardo da Vinci, sería un honor para Francia tener su ingenio trabajando para nosotros. Por favor, venga a nuestra corte en París —leyó Leonardo en voz alta.

Leonardo y Francesco se prepararon para el viaje a París. Durante el viaje, Leonardo tuvo nuevas ideas para mejorar la máquina voladora.

—Francesco, he estado pensando. Si ampliamos las alas y mejoramos los controles, la máquina podría volar más alto y más lejos —dijo Leonardo, dibujando en su cuaderno.

Al llegar a París, fueron recibidos con gran entusiasmo por la corte francesa. Leonardo comenzó a trabajar en una nueva versión de la máquina, más grande y potente.

—Necesitaremos los mejores materiales y artesanos para este proyecto —dijo Leonardo a Francesco mientras inspeccionaban el taller.

Francisco I, el Rey de Francia, visitaba frecuentemente el taller para ver el progreso.

—Leonardo, ¿cómo va el trabajo? Estoy ansioso por ver el resultado —preguntó el rey.

—Majestad, todo está avanzando según lo planeado. Pronto verá algo realmente asombroso —respondió Leonardo con confianza.

Los mejores artesanos de Francia ayudaron a Leonardo en la construcción. Después de meses de trabajo, la nueva máquina voladora estuvo lista para su primer vuelo.

—Francesco, es el momento de probar nuestra creación —dijo Leonardo, preparándose para la demostración.

Leonardo realizó una demostración en los jardines del palacio real. La máquina voló majestuosamente, impresionando a todos los presentes.

—¡Es magnífico! ¡Nunca he visto algo igual! —exclamó un noble.

El Rey de Francia declaró a Leonardo como el mayor inventor de su tiempo.

—Leonardo, eres un genio. Francia está en deuda contigo por tus increíbles inventos —dijo Francisco I, con admiración.

Con el apoyo del rey, Leonardo continuó desarrollando nuevas tecnologías para el reino. La máquina voladora y sus otros inventos no solo impresionaron a la corte francesa, sino que también inspiraron a toda una generación de inventores y científicos.

—Francesco, el futuro es brillante. Con el apoyo del rey, podemos hacer cosas increíbles —dijo Leonardo, mirando el horizonte con esperanza.

—Sí, maestro. Estoy emocionado por lo que vendrá —respondió Francesco, compartiendo la emoción de su mentor.

La aventura de Leonardo y su máquina voladora continuaba, llena de promesas y nuevos desafíos por delante.

- Ampliar - To enlarge
- Ansioso - Eager
- Asombroso - Amazing
- Avanzar - To advance
- Confianza - Confidence
- Corte - Court (royal)
- Demostración - Demonstration
- Desafío - Challenge
- Ingenio - Ingenuity
- Inspeccionar - To inspect
- Majestad - Majesty
- Noble - Noble (person)
- Pergamino - Parchment
- Potente - Powerful
- Taller - Workshop

Un Legado Inolvidable

Los inventos de Leonardo comenzaron a cambiar la forma en que las personas veían la tecnología. La máquina voladora se convirtió en un símbolo de innovación y progreso.

—Leonardo, tu máquina ha inspirado a muchos —dijo Francesco, observando una demostración.

—Es solo el comienzo, Francesco. Hay tanto por descubrir —respondió Leonardo con una sonrisa.

Leonardo siguió trabajando en múltiples proyectos, desde armas hasta maquinaria agrícola. Francesco se convirtió en su mano derecha, aprendiendo y colaborando en cada nuevo invento.

—Maestro, este nuevo diseño para la máquina de siembra es brillante —comentó Francesco.

—Gracias, Francesco. Con esto, la agricultura será más eficiente —dijo Leonardo, satisfecho.

Estudiantes de toda Europa viajaban a Milán y París para aprender de Leonardo. Las ciudades se llenaron de curiosos que querían ver las máquinas voladoras en acción.

—Maestro, ¿podemos ver la máquina voladora en acción? —preguntó un joven aprendiz.

—Por supuesto. Preparémosla para un vuelo —respondió Leonardo, animado.

Leonardo empezó a escribir un libro detallando sus descubrimientos y diseños. Nobles y reyes competían por contratar a Leonardo para sus propios proyectos.

—Leonardo, necesito tu ayuda en mi castillo. Te pagaré bien por tu trabajo —dijo un noble.

—Lo consideraré, señor. Tengo muchos proyectos en marcha —respondió Leonardo con cortesía.

A pesar de su fama, Leonardo seguía siendo humilde y dedicado a su trabajo. Inventó un mecanismo para la impresión de libros, acelerando la difusión del conocimiento.

—Con esto, los libros serán más accesibles para todos —dijo Leonardo, orgulloso de su invento.

Su taller se convirtió en un centro de innovación, lleno de vida y creatividad. Leonardo también dedicó tiempo a la pintura, creando algunas de sus obras maestras.

—El arte y la ciencia son dos caras de la misma moneda —decía Leonardo a sus estudiantes.

Sus invenciones y descubrimientos dejaron una marca duradera en la ciencia y el arte. A medida que envejecía, Leonardo reflexionaba sobre sus aventuras y logros.

—Hemos vivido una vida llena de descubrimientos, Francesco —dijo Leonardo, mirando al horizonte.

—Sí, maestro. Ha sido un honor trabajar a tu lado —respondió Francesco con gratitud.

Su legado vivió a través de sus inventos, inspirando a generaciones futuras a soñar y crear. Leonardo da Vinci no solo fue un inventor y artista excepcional, sino también una fuente de inspiración eterna para aquellos que buscan explorar los límites del conocimiento humano.

—El futuro es brillante para aquellos que se atreven a soñar — dijo Leonardo, dejando un legado inolvidable.

- Agrícola - Agricultural
- Aprendiz - Apprentice
- Cortesía - Courtesy
- Curioso - Curious (person)
- Difusión - Dissemination
- Eficiente - Efficient
- Excepcional - Exceptional
- Humedad - Humility
- Innovación - Innovation
- Legado - Legacy
- Mecanismo - Mechanism
- Progreso - Progress
- Reflexionar - To reflect
- Siembra - Sowing
- Símbolo - Symbol

Leonardo da Vinci: Un Genio del Renacimiento

Leonardo da Vinci fue uno de los más grandes genios del Renacimiento. Nació el 15 de abril de 1452 en Vinci, un pequeño pueblo cerca de Florencia, Italia. A lo largo de su vida, Leonardo se destacó como pintor, inventor, científico y escritor. Su curiosidad y creatividad no conocían límites, lo que lo llevó a realizar importantes descubrimientos y creaciones.

Pintor Extraordinario

Leonardo es famoso por sus pinturas, especialmente por obras maestras como "La Mona Lisa" y "La Última Cena". "La Mona Lisa" es conocida por su misteriosa sonrisa y ha sido objeto de admiración y estudio durante siglos. "La Última Cena", que muestra a Jesús y sus discípulos, es famosa por su detallada representación de las emociones humanas.

Inventor e Ingeniero

Además de sus habilidades artísticas, Leonardo fue un brillante inventor e ingeniero. Sus cuadernos están llenos de bocetos y diseños de máquinas adelantadas a su tiempo. Algunas de sus invenciones más notables incluyen:

- **La máquina voladora**: Inspirada en el vuelo de los pájaros, Leonardo diseñó una máquina con alas movibles. Aunque nunca voló, sus estudios fueron fundamentales para el desarrollo de la aviación.

- **El tanque de guerra**: Leonardo diseñó un vehículo blindado con cañones en todas las direcciones, una idea muy avanzada para su época.

- **La bicicleta**: En uno de sus cuadernos, Leonardo dibujó un diseño muy similar a la bicicleta moderna, con dos ruedas, pedales y una cadena.

Científico y Anatomista

Leonardo también hizo importantes contribuciones a la ciencia. Estudió el cuerpo humano con gran detalle y realizó numerosas disecciones para entender mejor su funcionamiento. Sus dibujos anatómicos son extremadamente precisos y detallados, y han sido de gran valor para el campo de la medicina.

Escritor y Filósofo

Leonardo escribió muchos tratados sobre diversos temas, incluyendo la pintura, la escultura, la anatomía y la ingeniería. En sus escritos, exploró conceptos filosóficos y científicos, siempre buscando entender mejor el mundo que lo rodeaba.

Legado Duradero

Leonardo da Vinci falleció el 2 de mayo de 1519 en Amboise, Francia, pero su legado perdura. Sus obras de arte siguen siendo admiradas y estudiadas, y sus inventos y descubrimientos continúan inspirando a científicos e ingenieros. Leonardo da Vinci no solo fue un hombre de su tiempo, sino también un visionario cuyas ideas siguen siendo relevantes hoy en día.

En resumen, Leonardo da Vinci fue un verdadero hombre del Renacimiento, con una mente inquisitiva y un talento excepcional en muchas áreas. Su capacidad para combinar el arte y la ciencia lo convierte en una de las figuras más importantes de la historia de la humanidad.

- Adelantado - Advanced
- Anatomista - Anatomist
- Blindado - Armored
- Boceto - Sketch
- Cadena - Chain
- Contribución - Contribution
- Curiosidad - Curiosity
- Detallado - Detailed
- Disección - Dissection
- Escultura - Sculpture
- Ingeniero - Engineer
- Maestro - Masterpiece
- Visionario - Visionary

La Última Aventura de Torg

El Pueblo de Torg

Torg vivía en un pequeño pueblo en el valle de los Alpes, rodeado de montañas nevadas. El pueblo se dedicaba a la caza y la recolección para sobrevivir. Torg era un cazador hábil y respetado por todos en su comunidad. Un día, el líder del pueblo, Gorn, llamó a Torg para una misión importante.

—Torg, el invierno se acerca rápidamente y necesitamos almacenar más comida para sobrevivir —dijo Gorn con preocupación en su voz.

—Entiendo, Gorn. ¿Qué quieres que haga? —respondió Torg, siempre dispuesto a ayudar.

—Necesito que lideres una expedición de caza en las montañas. Confío en ti y sé que eres el mejor para esta tarea —explicó Gorn.

Torg aceptó la misión con orgullo y comenzó a preparar su equipo. Su esposa, Nara, le ayudó a afilar sus armas y a empacar provisiones.

—Ten cuidado, Torg. Te esperamos de regreso pronto —dijo Nara, mientras le entregaba un saco con comida.

—Volveré pronto, Nara. Cuida de nuestros hijos —respondió Torg, besándola en la frente.

Junto a él, iban otros tres cazadores: Brak, Loro y Meki. El grupo partió al amanecer, siguiendo los senderos conocidos hacia las montañas. Mientras avanzaban, encontraban señales de animales que podrían cazar.

—Mira estas huellas, Torg. Parece que un ciervo pasó por aquí recientemente —dijo Loro, señalando el suelo.

—Sí, debemos seguir estas pistas. Podríamos encontrar una buena presa —respondió Torg, observando las huellas con atención.

El clima era frío, pero Torg y su equipo estaban bien preparados. En el camino, Torg enseñó a los jóvenes cazadores técnicas de rastreo.

—Recuerden, siempre miren los detalles. Las huellas, los excrementos, todo nos puede decir algo sobre nuestra presa —explicó Torg, mientras avanzaban.

Después de un día de viaje, acamparon en un claro, rodeados por altos pinos. Encendieron una fogata para calentarse y cocinar algo de comida.

—Hemos tenido un buen comienzo. Mañana seguiremos rastreando al ciervo —dijo Torg, mientras compartían la comida alrededor del fuego.

—Estoy emocionado por lo que encontraremos. Aprender de ti es un honor, Torg —dijo Meki, el más joven del grupo.

Torg sonrió, satisfecho de poder transmitir su conocimiento. La noche cayó y el grupo se preparó para descansar, sabiendo que el día siguiente traería nuevos desafíos y oportunidades. Con el sonido del viento entre los pinos y el crujido del fuego, Torg cerró los ojos, listo para enfrentar lo que el destino les tuviera preparado.

- Afilado - Sharpened
- Almacenar - To store
- Amanecer - Dawn
- Cazar - To hunt
- Claro - Clearing (in a forest)
- Excremento - Droppings
- Expedición - Expedition
- Fogata - Campfire
- Huella - Footprint
- Misión - Mission
- Pinos - Pine trees
- Pista - Track
- Provisiones - Provisions
- Rastrear - To track
- Sobrevivir - To survive

La Caza del Gran Ciervo

Al amanecer, Torg y su equipo se levantaron y continuaron su camino. Encontraron huellas frescas de un gran ciervo, una presa valiosa. Torg y los otros cazadores siguieron las huellas, avanzando con cautela.

—Estas huellas son recientes. Debemos estar cerca —susurró Torg, señalando las marcas en el suelo.

Vieron al ciervo en un claro, pastando tranquilamente. Torg indicó a Brak que se acercara por la derecha mientras él y Loro iban por la izquierda. Meki se quedó atrás, listo para disparar si el ciervo huía en su dirección.

—Brak, ve por la derecha. Loro, ven conmigo por la izquierda. Meki, quédate aquí y prepárate —ordenó Torg en voz baja.

Torg y Loro avanzaron silenciosamente, acercándose al ciervo. Justo cuando Torg estaba a punto de lanzar su lanza, el ciervo levantó la cabeza.

—¡Ahora, Torg! —susurró Loro, preparándose para cualquier movimiento.

El animal percibió el peligro y comenzó a correr. Meki disparó su arco, pero falló, y el ciervo se adentró en el bosque. Torg y los otros cazadores lo siguieron, decididos a no dejar escapar a su presa.

—¡No podemos perderlo! ¡Síganme! —gritó Torg, corriendo tras el ciervo.

Corrieron a través del bosque, esquivando ramas y saltando sobre rocas. Finalmente, el ciervo se detuvo en un pequeño claro, exhausto.

—Es nuestra oportunidad. Prepárense —dijo Torg, levantando su lanza.

Torg lanzó su lanza con precisión, alcanzando al ciervo en el flanco. El ciervo cayó al suelo, y los cazadores celebraron su éxito con gritos de victoria.

—¡Lo logramos, Torg! ¡Tenemos nuestra presa! —exclamó Brak, levantando los brazos en señal de triunfo.

—Buen trabajo, equipo. Esto asegurará la comida para nuestro pueblo —dijo Torg, con una sonrisa de satisfacción.

Los cazadores se acercaron al ciervo caído y comenzaron a prepararlo para el transporte de regreso al pueblo. La caza había sido un éxito, y la habilidad y el trabajo en equipo de Torg y sus compañeros habían asegurado un invierno más seguro para todos.

- Acercarse - To approach
- Adentrar - To go deep into
- Alcanzar - To reach
- Asegurar - To ensure
- Cautela - Caution
- Disparar - To shoot
- Esquivar - To dodge
- Exhausto - Exhausted
- Lanza - Spear
- Levantar - To lift
- Peligro - Danger
- Percibir - To perceive
- Preparar - To prepare
- Reciente - Recent
- Triunfo - Triumph

El Encuentro con los Desconocidos

Con el ciervo cazado, los cazadores comenzaron a prepararlo para llevarlo de regreso al pueblo. Mientras trabajaban, escucharon ruidos de pasos acercándose. Torg levantó la cabeza y vio a un grupo de hombres desconocidos entrando en el claro.

—¿Quiénes son ellos? —preguntó Brak en voz baja, mientras tomaba su lanza.

Los extraños llevaban armas y parecían hostiles. Torg se puso de pie y se preparó para defenderse.

—Preparémonos para cualquier cosa. No parecen amistosos —dijo Torg, manteniendo la calma.

El líder de los extraños, un hombre llamado Kuro, exigió que les entregaran el ciervo.

—¡Ese ciervo es nuestro! ¡Entréguenlo ahora! —gritó Kuro, con una mirada feroz.

Torg se negó, explicando que necesitaban la carne para su pueblo.

—Lo sentimos, pero no podemos hacerlo. Nuestra gente depende de esta carne para sobrevivir —respondió Torg, firme en su decisión.

Kuro se enfureció y ordenó a sus hombres que atacaran. Una pelea estalló entre los dos grupos, lanzas y flechas volando en todas direcciones.

—¡Defiéndanse! —gritó Torg, lanzando su lanza hacia uno de los atacantes.

Torg luchó valientemente, protegiendo a sus compañeros cazadores. Brak y Loro también combatieron con coraje, mientras Meki trataba de encontrar una salida.

—¡Por aquí! ¡Rápido! —gritó Meki, señalando una ruta de escape.

A pesar de sus esfuerzos, los cazadores se vieron superados en número. Torg recibió un golpe en el brazo, pero siguió luchando.

—¡No te rindas, Torg! —exclamó Brak, peleando a su lado.

Finalmente, los extraños se retiraron, llevándose el ciervo con ellos. Torg y sus compañeros quedaron heridos y agotados, lamentando su pérdida.

—Hemos perdido la presa, pero al menos estamos vivos —dijo Torg, tratando de animar a su equipo.

—Sí, pero necesitamos un plan. No podemos volver al pueblo con las manos vacías —respondió Loro, mirando a Torg con determinación.

Torg asintió, consciente de que debían encontrar otra solución. La pelea había sido dura, pero su espíritu seguía intacto, decidido a encontrar una manera de salvar a su pueblo del hambre que se avecinaba.

- Aproximarse - To approach
- Asentir - To nod
- Calma - Calm
- Combate - Fight
- Defenderse - To defend oneself
- Desconocido - Stranger
- Enfurecerse - To become enraged
- Esforzarse - To make an effort
- Exigir - To demand
- Feroz - Fierce
- Firme - Firm
- Herido - Wounded
- Hostil - Hostile
- Lamentar - To regret
- Ruta - Route

La Decisión Difícil

Después de la pelea, Torg y su equipo decidieron regresar al pueblo. Sabían que era peligroso seguir cazando en la zona con los extraños cerca. Torg se preocupaba por la falta de comida para el invierno, pero la seguridad de su equipo era lo primero.

—No podemos arriesgarnos a otra pelea. Debemos regresar al pueblo —dijo Torg, con determinación.

Durante el viaje de regreso, Torg reflexionó sobre la lucha y cómo podrían haberlo manejado mejor. Brak, con una herida en la pierna, caminaba lentamente, apoyándose en Torg.

—Lo siento, Torg. Estoy retrasando al grupo —dijo Brak, con una mueca de dolor.

—No te preocupes, Brak. Tu seguridad es lo más importante —respondió Torg, animándolo.

Loro y Meki también estaban heridos, pero podían seguir adelante. A medida que avanzaban, el clima empeoró, con nieve comenzando a caer. La visibilidad se redujo, y los cazadores tuvieron que detenerse para no perderse.

—No podemos seguir así. Necesitamos encontrar un refugio —dijo Loro, preocupado por la creciente tormenta.

Encontraron refugio en una pequeña cueva y encendieron un fuego para calentarse. Torg sabía que debían moverse rápido antes de que la tormenta empeorara.

—Debemos partir al amanecer. No podemos quedarnos aquí mucho tiempo —dijo Torg, mirando a sus compañeros.

Esa noche, discutieron sus opciones y decidieron intentar una ruta más corta pero más peligrosa. Al amanecer, recogieron sus cosas y continuaron el viaje.

—Será un camino difícil, pero es nuestra mejor opción —dijo Meki, preparándose para la jornada.

La nieve hacía el camino resbaladizo y difícil de seguir. A pesar de las dificultades, Torg y su equipo siguieron adelante, decididos a llegar al pueblo.

—No nos detendremos hasta llegar a casa —dijo Torg, inspirando a su equipo a seguir.

Finalmente, después de varios días de arduo viaje, divisaron las luces del pueblo en la distancia. El alivio y la esperanza llenaron sus corazones mientras se acercaban a la seguridad de su hogar.

—Estamos casi allí. ¡Hemos logrado superar esto juntos! —exclamó Brak, con una sonrisa de gratitud.

—Sí, pero aún nos queda mucho por hacer para preparar el invierno —respondió Torg, pensando en los próximos desafíos.

Con la vista fija en las luces del pueblo, Torg y su equipo supieron que, aunque habían enfrentado grandes peligros, su determinación y trabajo en equipo les habían permitido superar las adversidades.

- Adversidad - Adversity
- Alivio - Relief
- Arriesgarse - To take a risk
- Arduo - Arduous
- Cueva - Cave
- Determinación - Determination
- Divisar - To spot
- Empeorar - To worsen
- Esfuerzo - Effort
- Jornada - Journey
- Reflexionar - To reflect
- Refugio - Shelter
- Resbaladizo - Slippery
- Seguridad - Safety
- Tormenta - Storm

El Regreso al Pueblo

Torg y su equipo llegaron al pueblo, cansados y heridos pero vivos. Los aldeanos salieron a recibirlos, preocupados por su estado.

—¡Están de vuelta! ¡Rápido, traigan a los curanderos! —gritó uno de los aldeanos al ver el estado de los cazadores.

Gorn, el líder, preguntó qué había sucedido y por qué no traían comida.

—Torg, ¿qué pasó? ¿Por qué no traen el ciervo? —preguntó Gorn, con el ceño fruncido.

Torg explicó el encuentro con los extraños y la pelea por el ciervo.

—Nos encontramos con un grupo hostil. Nos atacaron y se llevaron el ciervo. No tuvimos otra opción que regresar —dijo Torg, con pesar en la voz.

Gorn estaba preocupado, pero agradeció a Torg y su equipo por regresar a salvo.

—Lo importante es que están vivos. Gracias por su valentía y por cuidar unos de otros —dijo Gorn, con una mirada seria pero agradecida.

Nara, la esposa de Torg, corrió a abrazarlo, aliviada de verlo.

—Torg, pensé que no volverías. Gracias a los dioses estás a salvo —dijo Nara, con lágrimas en los ojos.

Los curanderos del pueblo atendieron las heridas de los cazadores. Torg se reunió con su familia, disfrutando de un momento de paz. Sin embargo, el problema de la falta de comida seguía presente.

—¿Qué vamos a hacer ahora, Torg? —preguntó Nara, preocupada.

Gorn convocó una reunión de emergencia con los cazadores y ancianos del pueblo. Decidieron enviar un mensaje a otros pueblos vecinos pidiendo ayuda.

—Debemos buscar ayuda. No podemos enfrentar el invierno sin suficiente comida —dijo Gorn, con determinación.

Mientras esperaban respuestas, Torg se recuperó de sus heridas. Los días pasaban y la preocupación por el invierno aumentaba. Finalmente, llegaron noticias de un pueblo vecino que ofrecía intercambiar alimentos por pieles y herramientas.

—¡Tenemos una oportunidad! El pueblo vecino está dispuesto a ayudarnos a cambio de pieles y herramientas —anunció Gorn, con esperanza.

Torg y un grupo de hombres partieron hacia el pueblo vecino para realizar el intercambio.

—Es nuestra única opción. Debemos asegurarnos de que este intercambio sea exitoso —dijo Torg, mientras se preparaba para el viaje.

Con determinación y esperanza renovada, Torg y su equipo emprendieron el camino hacia el pueblo vecino, dispuestos a hacer todo lo posible para asegurar la supervivencia de su comunidad durante el invierno.

- Aldea - Village
- Alivio - Relief
- Ceño - Brow (as in furrowed brow)
- Convocar - To convene
- Curandero - Healer
- Determinado - Determined
- Emergencia - Emergency
- Enfrentar - To face
- Herido - Injured
- Intercambiar - To exchange
- Opción - Option
- Pesar - Sorrow
- Piel - Skin (animal hide)
- Preocupado - Worried
- Sobrevivir - To survive

El Viaje Peligroso

Torg y su grupo partieron hacia el pueblo vecino, llevando pieles y herramientas para el intercambio. El camino era largo y peligroso, con muchas áreas desconocidas. Mientras avanzaban, Torg pensaba en su familia y en la responsabilidad que tenía.

—Debemos mantenernos enfocados. Nuestra gente depende de nosotros —dijo Torg, mientras caminaban.

A medida que subían las montañas, la temperatura bajaba y la nieve aumentaba. Una noche, acamparon cerca de un río congelado, tratando de mantenerse calientes.

—Tenemos que encender un buen fuego. La noche será fría — dijo Brak, mientras recogía leña.

Durante la noche, escucharon ruidos de animales y se mantuvieron alerta.

—Podrían ser lobos. Mantengan las armas cerca y no se alejen del fuego —advirtió Torg, observando el bosque oscuro.

Al amanecer, continuaron su viaje, avanzando con cautela. Llegaron a un paso estrecho entre dos montañas, donde el viento soplaba con fuerza.

—Cuidado con el viento. Este paso es traicionero —dijo Loro, sosteniendo su capucha para protegerse del frío.

De repente, una avalancha se desató, obligándolos a buscar refugio rápidamente.

—¡Corran! ¡Busquen refugio! —gritó Torg, señalando una cueva cercana.

Afortunadamente, todos lograron ponerse a salvo, pero el camino quedó bloqueado. Torg decidió buscar una ruta alternativa, guiando a su equipo por terrenos difíciles.

—No podemos regresar. Tenemos que encontrar otro camino — dijo Torg, mirando el mapa improvisado que había hecho.

Finalmente, después de varios días de viaje, llegaron al pueblo vecino. Fueron recibidos calurosamente y comenzaron las negociaciones para el intercambio.

—Bienvenidos. Hemos oído hablar de su valentía. ¿Qué necesitan? —preguntó el líder del pueblo vecino.

—Traemos pieles y herramientas. Necesitamos alimentos para sobrevivir el invierno —respondió Torg, explicando su situación.

Los aldeanos vecinos eran amables y estaban dispuestos a ayudar. Con el intercambio completado, Torg y su grupo se prepararon para el regreso.

—Gracias por su generosidad. No olvidaremos esta ayuda — dijo Torg, estrechando la mano del líder vecino.

Con provisiones suficientes y corazones llenos de gratitud, Torg y su equipo emprendieron el camino de regreso a su pueblo, listos para enfrentar los desafíos que aún les esperaban.

- Amanecer - Dawn
- Aproximarse - To approach
- Avalancha - Avalanche
- Calurosamente - Warmly
- Desatar - To unleash
- Encender - To light (a fire)
- Enfocado - Focused
- Generosidad - Generosity
- Improvise - Improvised
- Intercambio - Exchange
- Mantenerse - To stay
- Negociación - Negotiation
- Provisión - Provision
- Refugio - Shelter
- Traicionero - Treacherous

El Regreso Traicionero

Con las provisiones aseguradas, Torg y su grupo emprendieron el regreso al pueblo. El clima se había vuelto aún más frío y la nieve caía constantemente. A pesar de las dificultades, avanzaron con determinación, sabiendo que su pueblo los necesitaba.

—Tenemos que seguir adelante. Nuestra gente depende de nosotros —dijo Torg, motivando a sus compañeros.

Una noche, acamparon en un claro protegido por árboles altos. Mientras descansaban, Torg comenzó a sentirse inquieto, como si algo no estuviera bien.

—No puedo evitar sentir que algo nos acecha —murmuró Torg, mirando a su alrededor.

A la mañana siguiente, continuaron su camino, pero la sensación de peligro persistía. Al pasar por un valle estrecho, fueron emboscados por un grupo de hombres armados.

—¡Cuidado! ¡Es una emboscada! —gritó Brak, levantando su lanza.

Torg reconoció a algunos de los atacantes como los extraños que habían encontrado antes. La lucha fue feroz y rápida, con lanzas y flechas volando por el aire.

—¡Defendámonos! ¡No podemos dejar que nos tomen las provisiones! —exclamó Torg, enfrentándose a los atacantes.

Torg defendió a su grupo con valentía, pero fueron superados en número. Uno de los atacantes disparó una flecha que alcanzó a Torg en el costado.

—¡Torg, no! —gritó Meki, corriendo hacia él.

A pesar del dolor, Torg siguió luchando para proteger a sus compañeros. Finalmente, los atacantes se retiraron, dejando a Torg gravemente herido.

—Tenemos que llevarlo al pueblo. No puede quedarse aquí —dijo Loro, sosteniendo a Torg.

Sus compañeros lo ayudaron a caminar, tratando de llegar al pueblo lo antes posible. La salud de Torg empeoraba con cada paso, pero su determinación lo mantenía en pie.

—No se preocupen por mí. Solo sigan adelante —dijo Torg, apretando los dientes contra el dolor.

Con cada paso, el peso de la situación se hacía más evidente. La lucha había dejado a Torg débil, pero su espíritu seguía fuerte. Sus compañeros sabían que debían llegar al pueblo rápidamente para salvarlo.

—Aguanta, Torg. Estamos cerca —dijo Brak, apretando su mano con determinación.

El viaje de regreso se convirtió en una carrera contra el tiempo, con cada miembro del grupo esforzándose al máximo para llegar a casa antes de que fuera demasiado tarde.

- Acechar - To stalk
- Aguantar - To endure
- Aprovechar - To ambush
- Costado - Side (of the body)
- Defenderse - To defend oneself
- Determinación - Determination
- Emboscada - Ambush
- Empeorar - To worsen
- Enfrentarse - To confront
- Esforzarse - To strive
- Feroz - Fierce
- Gravemente - Seriously
- Inquieto - Restless
- Persistir - To persist
- Proteger - To protect

El Último Suspiro

Torg y su grupo avanzaban lentamente hacia el pueblo, luchando contra el frío y el agotamiento. Las heridas de Torg eran graves y cada vez le costaba más mantenerse consciente. Sus compañeros lo animaban a seguir, sabiendo que su supervivencia dependía de él.

—Vamos, Torg. Ya casi llegamos. Aguanta un poco más —dijo Loro, sosteniéndolo con fuerza.

Finalmente, divisaron las luces del pueblo en la distancia, lo que les dio un último impulso de energía. Torg sentía que sus fuerzas se desvanecían, pero su espíritu seguía luchando.

—Mira, Torg. Estamos casi en casa —dijo Brak, señalando las luces con esperanza.

A medida que se acercaban, los aldeanos salieron a recibirlos, preocupados por su estado. Nara corrió hacia Torg, con lágrimas en los ojos al ver su condición.

—¡Torg! ¡Gracias a los dioses estás aquí! —exclamó Nara, abrazándolo con fuerza.

Los curanderos se apresuraron a atenderlo, pero sabían que sus heridas eran demasiado graves. Torg, rodeado de su familia y amigos, supo que había cumplido su misión.

—Lo logramos, Nara. Estamos a salvo —susurró Torg, con una débil sonrisa.

Con su último aliento, susurró palabras de amor a Nara y de esperanza para su pueblo.

—Cuida de nuestra familia. El pueblo... resistirá —dijo Torg, cerrando los ojos.

Nara, sosteniendo su mano, prometió cuidar de su familia y honrar su memoria.

—Siempre te recordaremos, Torg. Prometo cuidar de todos —dijo Nara, con lágrimas en los ojos.

Los aldeanos, aunque tristes por la pérdida, se unieron para enfrentar el invierno. La valentía y el sacrificio de Torg se convirtieron en una inspiración para todos.

—Torg fue un héroe. Debemos honrar su memoria siendo fuertes y unidos —dijo Gorn, el líder del pueblo.

Aunque Torg había perdido la vida, su legado viviría en las historias y en los corazones de su pueblo. La última aventura de Torg había terminado, pero su espíritu perduraría para siempre en las montañas que tanto amaba.

—Torg estará con nosotros siempre, en cada paso que demos —dijo Loro, mirando las montañas.

El sacrificio de Torg no fue en vano. Su coraje y determinación habían asegurado la supervivencia de su pueblo, y su historia sería contada de generación en generación, inspirando a todos a enfrentar los desafíos con valentía y esperanza.

- Aguantar - To endure

- Aldea - Village
- Aliento - Breath
- Animar - To encourage
- Asegurar - To ensure
- Atender - To attend to
- Consciente - Conscious
- Curandero - Healer
- Desvanecer - To fade
- Divisar - To spot
- Esperanza - Hope
- Honrar - To honor
- Mantenerse - To remain
- Perdurar - To endure
- Sobrevivencia – Survival

Spanish Graded Readers

For more books and E-book options visit:

www.briansmith.de